मेरे हमनफ़स मेरे हमनवा

ए. रहमान

किसलिए देखती हो आईना
तुम तो ख़ुद से भी ख़ूबसूरत हो

मेरे हमनफ़स

मेरे हमनवा

नामवर पाकिस्तानी शुअरा का इंतेख़ाब कलाम

सम्पादन

ए. रहमान

पहला संस्करण :2020

|SBN : 978-93-86619-17-4

प्रकाशन   Anybook

G - 248, 2nd Floor Sector - 63

Noida - 201301

Cell : 9971698930

E-mail contactanybook@gmailcom

Webs|te wwwanybookorg

मेरे हमनफ़स मेरे हमनवा : पाकिस्तानी शौरा का इंतेख़ाब

MERE HUMNAFAS MERE HUMNAWA : A poetry collection of Pakistani Poets

सम्पादन : ए. रहमान
लिप्यंतरण : महेन कुमार सानी

आवरण : Image Curry Designs

पुस्तक सज्जा : Anybook
कॉपीराइट : ए. रहमान

Urdu Medium Of Love

A project by Aalami Urdu Trust

पाकिस्तान के अह्द-आफ़रीं सुख़नवरों ग़ाज़लिया शाइरी के इस इंतख़ाब का उन्वान 'मिरे हमनफ़स, मिरे हमनवा' एक ख़ास मा'नवियत का हामिल है | इस मजमूए में शामिल पाकिस्तान के नामवर शोअरा और शाएरात हैं जिन से मेरे ज़ेहन-ओ-शऊर के देरीना रिश्ते हैं, उन में से अक्सर को मैंने ज़ाती तौर पर नहीं देखा और न उन से रवाब्त रहे, लेकिन उर्दू ज़बानो-अदब के एक तालिब इल्म के तौर पर उन के कलाम से आश्नाई और आगही ने उन्हें इस तरह जानने, पहचानने और समझने के मवाक़े अता किये कि ये सब मेरे हमनफ़स-ओ-हमनवा बन के जुज़्वे-ज़िन्दगी बन गए | ये शे'री इन्तख़ाब अगर्चे मेरी ज़ाती पसंद का मज़हर है लेकिन मुझे यक़ीन है कि हिंदोस्तान और दूर दराज़ उर्दू बस्तियों के अर्बाबे-शे'रो-अदब को भी पसंदे-ख़ातिर होगा |

क़ारईन को इस इत्तलाअ से यक़ीनन मसर्रत होगी कि आलमी उर्दू ट्रस्ट ने मुस्तक़्बिल मे इसी तरह दुनिया-ए-उर्दू के तमाम अहम असरी शाएरों और अदीबों की मुन्तख़ब तख़लीक़ात की इशाअत जारी रखने का अज़्म किया है | हम हम हिंदी और मुल्क की दूसरी ज़बानों को एक दूसरे के क़रीब लाने के लिए कोशां हैं | चुनांचे हाल ही में आलमी उर्दू ट्रस्ट ने हिंदी के मा'रूफ़ दोहा निगार शाइर बनज कुमार 'बनज' के दोहों और डाक्टर केवल धीर साहब के मक़बूल तरीन हिंदी कालमों के उर्दू तराजिम शाया किये हैं जिन्हें अदबी हलक़ों में ख़ासी पज़ीराई हासिल हुई है | मुझे उम्मीद है कि राक़िमउल्हरूफ़ और इदारा आलमी उर्दू ट्रस्ट की काविश को भी पसंद किया जाएगा |

ए रहमान
1/1 कीर्ति अपार्टमेंट्स
मयूर विहार फ़ेस -1, दिल्ली 91

इशारिया

ग़ज़लें

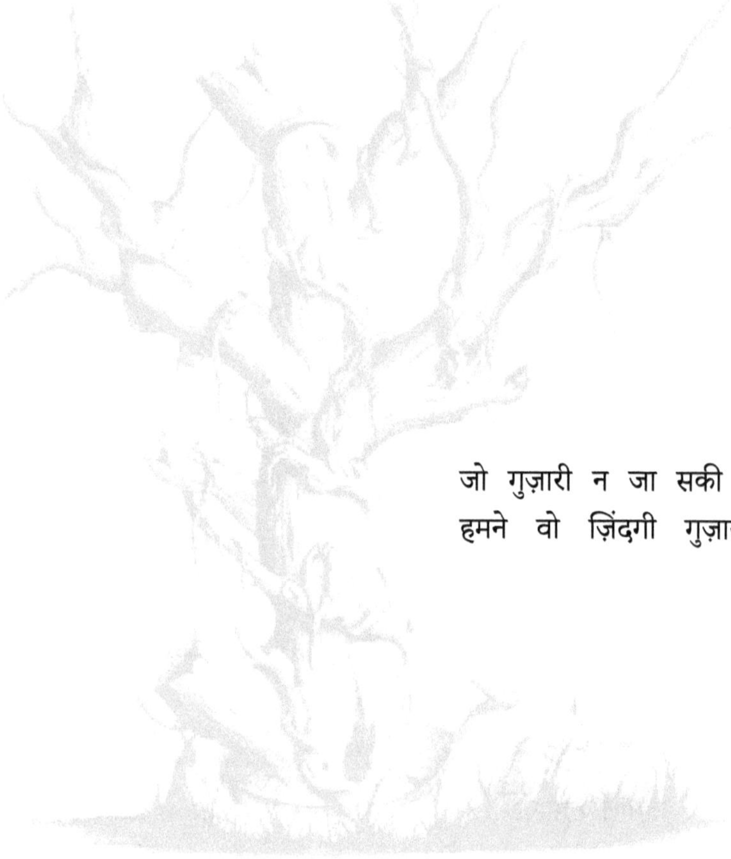

जो गुज़ारी न जा सकी हमसे
हमने वो ज़िंदगी गुज़ारी है

ग़ज़लें

अहमद फ़राज़

अब के बिछड़े भी तो शायद कभी ख़्वाबों में मिलें
जिस तरह सूखे हुए फूल किताबों में मिलें

ढूंढ उजड़े हुए लोगों में वफ़ा के मोती
ये ख़ज़ाने तुझे मुम्किन है ख़राबों में मिलें

ग़मे-दुनिया भी ग़मे-यार में शामिल कर लो
नश्शा बढ़ता है शराबें जो शराबों में मिलें

तू ख़ुदा है न मिरा इश्क़ फरिश्तों जैसा
दोनों इन्साँ हैं तो क्यों इतने हिजाबों में मिले

आज हम दार पे खींचे गए जिन बातों पर
क्या अजब कल वो ज़माने के निसाबों में मिलें

अब न वो मैं हूँ न तू है न वो माज़ी है फ़राज़
जैसे दो साये तमन्ना के सराबों में मिलें

इन्ही खुशगुमानियों में कहीं जां से भी न जाओ
वो जो चारागर नहीं है उसे ज़ख़्म क्यों दिखाओ

ये उदासियों के मौसम यूँही रायेगां न जाएँ
किसी याद को पुकारो किसी दर्द को जगाओ

वो कहानियां अधूरी जो न हो सकेंगी पूरी
इन्हें मैं भी क्यों सुनाऊँ इन्हें तुम भी क्यों सुनाओ

ये जुदाइयों के रस्ते बड़ी दूर तक गए हैं
जो गया वो फिर न आया मिरी बात मान जाओ

किसी बेवफ़ा की ख़ातिर ये जुनूँ 'फ़राज़' कब तक
जो तुम्हें भुला चुका है उसे तुम भी भूल जाओ

सरापा इश्क़ हूँ मैं अब बिखर जाऊँ तो बेहतर है
जिधर जाते हैं ये बदल उधर जाऊँ तो बेहतर है

ठहर जाऊँ ये दिल कहता है तेरे शहर में कुछ दिन
मगर हालात कहते हैं कि घर जाऊँ तो बेहतर है

दिलों में फ़र्क़ आएंगे तअल्लुक़ टूट जाएंगे
जो देखा जो सुना उससे मुकर जाऊँ तो बेहतर है

यहाँ है कौन मेरा जो मुझे समझे 'फ़राज़' अपना
मैं कोशिश करके अब ख़ुद ही संवर जाऊँ तो बेहतर है

आँख से दूर न हो दिल से उतर जायेगा
वक़्त का क्या है गुज़रता है गुज़र जायेगा

इतना मानूस न हो ख़ल्वते-ग़म से अपनी
जो कभी ख़ुद को भी देखेगा तू डर जायेगा

तुम सरे-राह वफ़ा देखते रह जाओगे
और वो बामे-रफ़ाक़त से उतर जायेगा

ज़िन्दगी तेरी अता है तो ये जाने वाला
तेरी बख़्शिश तिरी दहलीज़ पे धर जायेगा

डूबते डूबते कश्ती को उछाला दे दो
मैं नहीं कोई तो साहिल पे उतर जायेगा

ज़ब्त लाज़िम है मगर दुःख है क़यामत का 'फ़राज़'
ज़ालिम अबके भी न रोयेगा तो मर जायेगा

अब और क्या किसी से मरासिम बढ़ाएँ हम
ये भी बहुत है तुझको अगर भूल जाएँ हम

सहरा-ए-ज़िन्दगी में कोई दूसरा न था
सुनते रहे हैं आप ही अपनी सदाएँ हम

इस ज़िन्दगी में इतनी फ़राग़त किसे नसीब
इतना न याद आ कि तुझे भूल जाएँ हम

तू इतनी दिलज़दा तो न थी ऐ शबे फ़िराक़
आ तेरे रास्ते में सितारें लुटाएँ हम

वो लोग अब कहाँ हैं जो कहते थे कल 'फ़राज़'
है-है ख़ुदा नकर्दा तुझे भी रुलाएँ हम

अब के तज्दीदे-वफ़ा का नहीं इम्काँ जानां
याद क्या तुझको दिलाएं तिरा पैमां जानां

अव्वल अव्वल की मोहब्बत के नशे याद तो कर
बिन पिए ही तिरा चेहरा था गुलिस्तां जानां

आख़िर आख़िर तो ये आलम था कि अब याद नहीं
रगे-मीना सुलग उट्ठी कि रगे-जां जानां

यूँही मौसम की अदा देख के याद आया है
किस क़दर जल्द बदल जाते हैं इंसाँ जानां

मुद्दतों से यही आलम न तवक्क़ो न उम्मीद
दिल पुकारे ही चला जाता है जानां जानां

ज़िन्दगी तेरी अता थी सो तिरे नाम की है
हम ने जैसी भी गुज़ारी तिरा अहसाँ जानां

अभी कुछ और करिश्मे ग़ज़ल के देखते हैं
'फ़राज़' अब ज़रा लहजा बदल के देखते हैं

जुदाइयाँ तो मुक़द्दर हैं फिर भी जाने-सफ़र
कुछ और दूर ज़रा साथ चल के देखते हैं

रहे-वफ़ा में हरीफ़े-ख़िराम कोई तो हो
सो अपने आप से आगे निकल के देखते हैं

तू सामने है तो फिर क्यों यक़ीं नहीं आता
ये बार बार जो आँखों को मल के देखते हैं

ये कौन लोग हैं मौजूद तेरी महफ़िल में
जो लालचों से तुझे, मुझको जल के देखते हैं

ये कर्ब क्या है कि यकजा हुए न दूर रहे
हज़ार एक ही क़ालिब में ढल के देखते हैं

न तुझको मात हुयी है न मुझको मात हुयी
सो अब के दोनों ही चालें बदल के देखते हैं

ये कौन है सरे-साहिल कि डूबने वाले
समन्दरों की तहों से उछल के देखते हैं

अभी तलक तो न कुंदन हुए न राख हुए
हम अपनी आग में हर रोज़ जल के देखते हैं

बहुत दिनों से नहीं है कुछ इसकी ख़ैर ख़बर
चलो 'फ़राज़' कू-ए-यार चल के देखते हैं

इससे पहले कि बेवफ़ा हो जाएँ
क्यों न ऐ दोस्त हम जुदा हो जाएँ

तू भी हीरे से बन गया था पत्थर
हम भी कल जाने क्या से क्या हो जाएँ

तू कि यकता था बेशुमार हुआ
हम भी टूटें तो जाबजा हो जाएँ

हम भी मजबूरियों का उज़्र करें
फिर कहीं और मुब्तला हो जाएँ

हम अगर मंज़िलें न बन पाएं
मंज़िलों तक का रास्ता हो जाएँ

देर से सोच में हैं परवाने
राख हो जाएँ या हवा हो जाएँ

अब कि गर तू मिले तो हम तुझसे
ऐसे लिपटें तिरी क़बा हो जाएँ

बंदगी हम ने छोड़ दी है 'फ़राज़'
क्या करें लोग जब ख़ुदा हो जाएँ

इस क़दर मुसलसल थीं शिद्दतें जुदाई की
आज पहली बार उससे मैंने बेवफ़ाई की

वरना अब तलक यूँ था ख़्वाहिशों की बारिश में
या तो टूट कर रोया या ग़ज़ल सरायी की

तज दिया था कल जिनको हमने तेरी चाहत में
आज उनसे मजबूरन ताज़ा आशनाई की

हो चला था जब मुझको इख़्तलाफ़ अपने से
तूने किस घडी ज़ालिम मेरी हमनवायी की

तर्क कर चुके क़ासिद कू-ए-नामरादां को
कौन अब ख़बर लावे शहर आशनाई की

तंज़ो-ताना-ओ-तोहमत सब हुनर हैं नासेह के
आपसे कोई पूछे हमने क्या बुराई की

फिर क़फ़स में शोर उट्ठा क़ैदियों का अर्सा बाद
देखना उड़ा देगा फिर ख़बर रिहाई की

दुःख हुआ जब उस दर पर कल 'फ़राज़' को देखा
लाख ऐब थे उसमे ख़ू न थी गदायी की

☪

21

अगर्चे ज़ोर हवाओं ने डाल रक्खा है
मगर चराग़ ने लौ को संभाल रक्खा है

मोहब्बतों में तो मिलना है या उजड़ जाना
मिज़ाजे-इश्क़ में कब एतदाल रक्खा है

हवा में नश्शा ही नश्शा फ़िज़ा में रंग ही रंग
ये किसने पैरहन अपना उछाल रक्खा है

भले दिनों का भरोसा ही क्या रहें न रहें
सो मैंने रिश्ता-ए-ग़म को संभाल रक्खा है

हम ऐसे सादा दिलों को वो दोस्त हो के ख़ुदा
सभी ने वादा-ए-फ़रदा पे टाल रक्खा है

हिसाबे-तलफ़े-हरीफ़ां किया है जब तो खुला
कि दोस्तों ने ज़ियादा ख़याल रक्खा है

भरी बहार में इक शाख़ पर खिला है गुलाब
कि जैसे तूने हथेली पे गाल रक्खा है

'फ़राज़' इश्क़ की दुनिया तो ख़ूबसूरत थी
ये किसने फ़ितना-ए-हिज्रो-विसाल रक्खा है

तुझसे बिछड़ के हम भी मुक़द्दर के हो गए
फिर जो भी दर मिला है उसी दर के हो गए

फिर यूँ हुआ कि ग़ैर को दिल से लगा लिया
अंदर वो नफ़रतें थीं कि बाहर के हो गए

क्या लोग थे कि जान से बढ़ कर अज़ीज़ थे
अब दिल से महव नाम भी अक्सर के हो गए

ऐ यादे-यार तुझसे करें क्या शिकायतें
ऐ दर्दे-हिज्र हम भी तो पत्थर के हो गए

समझा रहे थे मुझको सभी नासेहाने-शहर
फिर रफ़्ता रफ़्ता ख़ुद उसी काफ़र के हो गए

अब के न इंतज़ार करें चारागर का हम
अब के गए तो कू-ए-सितमगर के हो गए

रोते हो इक जज़ीरा-ए-जां को 'फ़राज़' तुम
देखो तो कितने शहर समंदर के हो गए

ऐसे चुप हैं कि ये मंज़िल भी कड़ी हो जैसे
तेरा मिलना भी जुदाई की घड़ी हो जैसे

अपने ही साये से हर गाम लरज़ जाता हूँ
रास्ते में कोई दिवार खड़ी हो जैसे

कितने नादाँ हैं तिरे भूलने वाले कि तुझे
याद करने के लिए उम्र पड़ी हो जैसे

तेरे माथे की शिकन पहले भी देखी थी मगर
ये गिरह अब के मिरे दिल में पड़ी हो जैसे

मंज़िलें दूर भी हैं मंज़िलें नज़दीक भी हैं
अपने ही पाँव में ज़ंजीर पड़ी हो जैसे

आज दिल खोल के रोये हैं तो यूँ ख़ुश हैं 'फ़राज़'
चंद लम्हों की ये राहत भी बड़ी हो जैसे

सुना है लोग उसे आँख भर के देखते हैं
तो उसके शहर में कुछ दिन ठहर के देखते हैं

सुना है रब्त है उसको ख़राब हालों से
सो अपने आप को बर्बाद करके देखते हैं

सुना है दर्द की गाहक है चश्मे-नाज़ उसकी
सो हम भी उसकी गली से गुज़र कर देखते हैं

सुना है उसको भी है शेरो-शाइरी से शग़फ़
तो हम भी मोजिज़े अपने हुनर के देखते हैं

सुना है बोले तो बातों से फूल झड़ते हैं
ये बात है तो चलो बात करके देखते हैं

सुना है रात उसे चाँद तकता रहता है
सितारे बामे-फ़लक से उतर के दे देखते हैं

सुना है दिन को उसे तितलियाँ सताती हैं
सुना है रात को जुगनू ठहर के देखते हैं

सुना है हश्र हैं उसकी ग़ज़ाल सी आँखें
सुना है उसको हिरन दश्त भर के देखते हैं

सुना है रात से बढ़ कर हैं काकुलें उसकी
सुना है शाम को साये गुज़र के देखते हैं

सुना है उसकी सियह चश्मगी क़यामत है
सो उसको सुरमा फ़रोश आँख भर के देखते हैं

सुना है जब से हमाइल है उसकी गर्दन में
मिज़ाज और ही लालो-गुहर के देखते हैं

सुना है उसके बदन की तराश ऐसी है
कि फूल अपनी क़बाएँ कुतर के देखते हैं

सुना है उसके लबों से गुलाब जलते हैं
सो हम बहार प' इलज़ाम धर के देखते हैं

सुना है आइना तिमसाल है जबीं उसकी
जो सादा दिल हैं उसे बन संवर के देखते हैं

सुना है चश्मे-तसव्वुर से दश्ते-इमकाँ में
पलंग ज़ाविये उसकी कमर के देखते हैं

वो सर्व क़द है मगर बे गुलो-मुराद नहीं
कि इस शजर पे शगूफ़े समर के देखते हैं

बस इक निगाह से लूटा है क़ाफ़िला दिल का
सो रहरवाने-तमन्ना भी डर के देखते हैं

सुना है उसकी शबिस्तां से मुत्तसिल है बहिश्त
मकीन उधर के भी जलवे इधर के देखते हैं

किसे नसीब कि बे पैरहन उसे देखे
कभी कभी दरो-दीवार घर के देखते हैं

रुके तो गर्दिशें उस का तवाफ़ करती हैं
चले तो उसको ज़माने ठहर के देखते हैं

कहानियां ही सही सब मुबाल्ग़ो ही सही
अगर वो ख़्वाब है ताबीर करके देखते हैं

अब उसके शहर में ठहरें कि कूच कर जाएँ
'फ़राज़' आओ सितारे सफ़र के देखते हैं

कठिन है राहगुज़र थोड़ी दूर साथ चलो
बहुत कड़ा है सफ़र थोड़ी दूर साथ चलो

तमाम उम्र कहाँ कोई साथ देता है
मैं जानता हूँ मगर थोड़ी दूर साथ चलो

नशे में चूर हूँ मैं भी तुम्हे भी होश नहीं
बड़ा मज़ा हो अगर थोड़ी दूर साथ चलो

ये एक शब् की मुलाक़ात भी ग़नीमत है
किसे है कल की ख़बर थोड़ी दूर साथ चलो

अभी तो जाग रहे हैं चराग राहों में
अभी है दूर सहर थोड़ी दूर साथ चलो

तवाफ़े-मंज़िले-जानां हमें भी करना है
'फ़राज़' तुम भी अगर थोड़ी दूर साथ चलो

रंजिश ही सही दिल ही दुखाने के लिए आ
आ फिर से मुझे छोड़ के जाने के लिए आ

कुछ तो मिरे पिंदारे-मोहब्बत का भरम रख
तू भी तो कभी मुझको मनाने के लिए आ

पहले से मरासिम न सही फिर भी कभी तो
रस्मो-रहे-दुनिया ही निभाने के लिए आ

किस किस को बताएँगे जुदाई का सबब हम
तू मुझसे ख़फ़ा है तो ज़माने के लिए आ

इक उम्र से हूँ लज़्ज़ते-गिरियाँ से भी महरूम
ऐ राहते-जां मुझको रुलाने के लिए

अब तक दिले-ख़ुशफ़हम को तुझसे हैं उम्मीदें
ये आख़िरी शमएँ भी बुझाने के लिए आ

चलो वो इश्क़ नहीं चाहने की आदत है
ये क्या करें हमें इक दूसरे की आदत है

तू अपनी शीश गरी का हुनर न कर ज़ाया
मैं आइना हूँ मुझे टूटने की आदत है

मैं क्या कहूं कि मुझे सब्र क्यों नहीं आता
मैं क्या करूं कि तुझे देखने की आदत है

तिरे नसीब में ऐ दिल सदा की महरूमी
न वो सख़ी न मुझे मांगने की आदत है

विसाल में भी वो है फ़िराक़ का आलम
कि उसको नींद मुझे रतजगे की आदत है

ये मुश्किलें हैं तो फिर कैसे रास्ते तय हों
मैं नासबूर उसे सोचने की आदत है

ये ख़ुद-अज़िय्यती कब तक 'फ़राज़' तू भी उसे
न याद कर कि जिसे भूलने की आदत है

ज़िन्दगी से यही गिला है मुझे
तू बहुत देर से मिला है मुझे

तू मोहब्बत से कोई चाल तो चल
हार जाने का हौसला है मुझे

दिल धड़कता नहीं सुलगता है
कल जो ख़्वाहिश थी आबला है मुझे

हमसफ़र चाहिए हुजूम नहीं
इक मुसाफिर भी क़ाफ़िला है मुझे

कौन जाने कि चाहतों में 'फ़राज़'
क्या गंवाया है क्या मिला है मुझे

कोहकन हो कि क़ैस हो कि 'फ़राज़'
सब में इक शख़्स ही मिला है मुझे

गुफ़्तगू अच्छी लगी ज़ौक़े-नज़र अच्छा लगा
मुद्दतों के बाद कोई हमसफ़र अच्छा लगा

दिल का दुःख जाना तो दिल का मसला है पर हमें
उस का हंस देना हमारे हाल पर अच्छा लगा

हर तरह की बे सरो-सामानियों के बावजूद
आज वो आया तो मुझको अपना घर अच्छा लगा

बाग़बाँ गुंचे को चाहे जो कहे हमको तो फूल
शाख़ से बढ़ कर कफ़े-दिलदार पर अच्छा लगा

कौन मक़्तल में न पहुंचा कौन ज़ालिम था जिसे
तेग़े-क़ातिल से ज़ियादा अपना सर अच्छा लगा

हम भी क़ाइल हों वफ़ा-ओ-उस्तवारी के मगर
कोई पूछे कौन किसको उम्र भर अच्छा लगा

अपनी अपनी चाहते हैं लोग अब जो भी कहें
इक परी ज़ादी को इक आशुफ़ता-सर अच्छा लगा

'मीर' के मानिंद अक्सर ज़ीस्त करता था 'फ़राज़'
था तो वो दीवाना सा शायर मगर अच्छा लगा

सिलसिले तोड़ गया वो सभी जाते जाते
वरना इतने तो मरसिम थे कि आते जाते

शिकवए-ज़ुल्मते-शब से तो कहीं बेहतर था
अपने हिस्से की कोई शम्अ जलाते जाते

कितना आसां था तिरे हिज्र में मरना जानां
फिर भी इक उम्र लगी जान से जाते जाते

जश्ने मक़्तल ही न बरपा हुआ वरना हम भी
पाबजूलाँ ही सही नाचते गाते जाते

उसकी वो जाने उसे पासे वफ़ा था कि न था
तुम 'फ़राज़' अपनी तरफ़ से तो निभाते जाते

☾★

ग़ज़ल सुनकर परेशां हो गए क्या
किसी के ध्यान में तुम खो गए क्या

ये बेगाना-रुई पहले नहीं थी
कहो तुम भी किसी के हो गए क्या

न पुर्सिश को न समझाने को आये
हमारे यार हमको रो गए क्या

अभी कुछ देर पहले तक यहीं थे
ज़माना हो गया तुमको गए क्या

किसी ताज़ा रिफ़ाक़त की झलक है
पुराने ज़ख़्म अच्छे हो गए क्या

पलट कर चारागर क्यों आ गए हैं
शबे-फ़ुरक़त के मारे सो गए क्या

'फ़राज़' इतना न इतरा हौसले पर
उसे भूले ज़माने हो गए क्या

☪

इश्क़ बस एक करिश्मा है फ़सूं है यूँ है
यूँ तो कहने को सभी कहते हैं यूँ है यूँ है

जैसे कोई दरे-दिल पर हो सतादा कब से
एक साया न दरूं है न बरूँ है यूँ है

तुम मोहब्बत में कहाँ सूदो-ज़ियाँ ले आये
इश्क़ का नाम ख़िरद है न जुनूँ है यूँ है

अब तुम आये हो मिरी जान तमाशा करने
अब तो दरिया में तालतुम न सुकूँ है यूँ है

नासेहा तुझको ख़बर क्या कि मोहब्बत क्या है
रोज़ आ जाता है समझाता है यूँ है यूँ है

शाएरी ताज़ा ज़मानों की है मे'यार 'फ़राज़'
ये भी इक सिलसिला कुन-फ़य-कूँ है यूँ है

बरसो बाद देखा इक शख़्स दिलरुबा सा
अब ज़हन में नहीं है पर नाम था भला सा

अबरू खिंचे खिंचे से आँखें झुकी झुकी सी
बातें रुकी रुकी सी लहजा थका थका सा

अल्फ़ाज़ थे कि जुगनू आवाज़ के सफ़र में
बन जाये जंगलों में जिस तरह रास्ता सा

ख्व़ाबो में ख्व़ाब उसके यादों में याद उसकी
नींदों में घुल गया हो जैसे कि रतजगा सा

पहले भी लोग आये कितने ही ज़िन्दगी में
वो हर तरह से लेकिन औरों से था जुदा सा

अगली मोहब्बतों ने वो नामुरादियां दीं
ताज़ा रिफ़ाक़तों से दिल था डरा डरा सा

कुछ ये कि मुद्दतों से हम भी नहीं थे रोये
कुछ ज़हर में बुझा था अहबाब का दिलासा

फिर यूँ हुआ कि सावन आँखों में आ बसे थे
फिर यूँ हुआ कि जैसे दिल भी था आबला सा

अब सच कहें तो यारो हमको ख़बर नहीं थी
बन जायेगा क़यामत इक वाक़िया ज़रा सा

तेवर थे बेरुख़ी के अंदाज़ दोस्ती के
वो अजनबी था लेकिन लगता था आशना सा

हम दश्त थे कि दरिया हम ज़हर थे कि अमृत
नाहक़ था अज़्म हमको जब वो नहीं था प्यासा

हमने भी उसको देखा कल शाम इत्तिफ़ाक़न
अपना भी हाल है अब लोगो 'फ़राज़' का सा

C☾★

उसको जुदा हुए भी ज़माना बहुत हुआ
अब क्या कहें ये क़िस्सा पुराना बहुत हुआ

ढलती न थी किसी भी जतन से शबे-फ़िराक़
ऐ मर्गे-नागहाँ तिरा आना बहुत हुआ

हम ख़ुल्द से निकल तो गए हैं पर ऐ ख़ुदा
इतने से वाक़िए का फ़साना बहुत हुआ

अब हम हैं और सारे ज़माने की दुश्मनी
उस से ज़रा सा रब्त बढ़ाना बहुत हुआ

अब क्यूँ न ज़िंदगी पे मोहब्बत को वार दें
इस आशिक़ी में जान से जाना बहुत हुआ

अब तक तो दिल का दिल से तआ'रुफ़ न हो सका
माना कि उस से मिलना मिलाना बहुत हुआ

क्या क्या न हम ख़राब हुए हैं मगर ये दिल
ऐ यादे-यार तेरा ठिकाना बहुत हुआ

कहता था नासेहों से मिरे मुँह न आइयो
फिर क्या था एक हू का बहाना बहुत हुआ

लो फिर तिरे लबों पे उसी बेवफ़ा का ज़िक्र
अहमद-'फ़राज़' तुझ से कहा ना बहुत हुआ

उस ने सुकूते-शब में भी अपना पयाम रख दिया
हिज्र की रात बाम पर माहे-तमाम रख दिया

आमदे-दोस्त की नवेद कू-ए-वफ़ा में आम थी
मैंने भी इक चराग़ सा दिल सरे-शाम रख दिया

शिद्दते-तिश्नगी में भी ग़ैरते-मयकशी रही
उस ने जो फेर ली नज़र मैंने भी जाम रख दिया

उस ने नज़र नज़र में ही ऐसे भले सुख़न कहे
मैंने तो उस के पाँव में सारा कलाम रख दिया

देखो ये मेरे ख़्वाब थे देखो ये मेरे ज़ख़्म हैं
मैंने तो सब हिसाबे-जाँ बर-सरे-आम रख दिया

अब के बहार ने भी कीं ऐसी शरारतें कि बस
कब्क-ए-दरी की चाल में तेरा ख़िराम रख दिया

जो भी मिला उसी का दिल हल्क़ा-ब-गोशे-यार था
उस ने तो सारे शहर को कर के गुलाम रख दिया

और 'फ़राज़' चाहिएँ कितनी मोहब्बतें तुझे
माओं ने तेरे नाम पर बच्चों का नाम रख दिया

नासिर काज़मी

नसीबे-इश्क़ दिले-बेक़रार भी तो नहीं
बहुत दिनों से तिरा इंतज़ार भी तो नहीं

तलाफ़ी-ए-सितमे-रोज़गार कौन करे
तू हम सुखन भी नहीं राज़दार भी तो नहीं

ज़माना पुरसिशे-ग़म भी करे तो क्या हासिल
कि अपने दिल पे मुझे इख़्तियार भी तो नहीं

तू ही बता तिरी ख़ामोशी को मैं क्या समझूं
तिरी निगाह से कुछ आश्कार भी तो नहीं

वफ़ा नहीं न सही रस्मो-राह क्या कम है
तिरी निगह का मगर ऐतबार भी तो नहीं

अगर्चे दिल तिरी मंज़िल न बन सका ऐ दोस्त
मगर चराग़े-सरे-रहगुज़ार भी तो नहीं

बहुत फ़सुर्दा है दिल कौन इसको बहलाये
उदास भी तो नहीं बेक़रार भी तो नहीं

तू ही बता तिरे बेख़ानुमां किधर जाएँ
कि राह में शजरे-सायादार भी तो नहीं

फलक ने फेंक दिया बरगे-गुल की छाओं से दूर
वहाँ पड़े हैं जहाँ ख़ारज़ार भी तो   नहीं

जो ज़िन्दगी है तो है तेरे दर्दमंदों की
ये जब्र भी तो नहीं इख़्तियार भी तो नहीं

वफ़ा   ज़रीया-ए-इज़हारे-ग़म   सही   'नासिर'
ये   कारोबार   कोई   कारोबार   भी तो   नहीं

गिरफ़्ता दिल है बहुत आज तेरे दीवाने
ख़ुदा करे कोई तेरे सिवा न पहचाने

मिटी-मिटी सी उम्मीदें थके-थके से ख़याल
बुझे-बुझे से निगाहों में ग़म के अफ़साने

हज़ार शुक्र कि हमने जुबां से कुछ न कहा
ये और बात है पूछा न अहले-दुनिया ने

बक़द्रे-तश्नालबी पुर्सिशे-वफ़ा न हुयी
छलक के रह गए तेरी नज़र के पैमाने

ख़याल आ गया मायूस रहगुज़ारों का
पलट के आ गए मंज़िल से तेरे दीवाने

कहाँ है तू कि तिरे इंतज़ार में ऐ दोस्त
तमाम रात सुलगते रहे दिल के वीराने

उम्मीदे-पुरसिशे-ग़म किस से कीजिये 'नासिर'
जो अपने दिल पे गुज़रती है कोई क्या जाने

☪

किसी कली ने भी देखा न आँख भर के मुझे
गुज़र गयी जरसे-गुल उदास करके मुझे

मैं सो रहा था किसी याद के शबिस्तां में
जगा के छोड़ गए क़ाफ़िले सहर के मुझे

मैं तेरे दर्द की तुग़ायानियों में डूब गया
पुकारते रहे तारे उभर उभर के मुझे

तिरे फ़िराक की रातें कभी न भूलेंगे
मज़े मिले इन्हीं रातों में उम्र भर के मुझे

ज़रा सी देर ठहरने दे ऐ ग़मे-दुनिया
बुला रहा है कोई बाम से उतर के तुझे

☪

वो दिल नवाज़ है लेकिन नज़र-शनास नहीं
मिरा इलाज मिरे चारागर के पास नहीं

तड़प रहे हैं ज़बां पर कई सवाल मगर
मिरे लिए कोई शायाने-इल्तिमास नहीं

तिरे जलू में भी दिल काँप काँप उठता है
मिरे मिज़ाज को आसूदगी भी रास नहीं

कभी कभी जो तिरे कर्ब में गुज़ारे थे
अब उन दिनों का तसव्वुर भी मेरे पास नहीं

गुज़र रहे हैं अजब मरहलों से दीदा-ओ-दिल
सहर की आस तो है ज़िन्दगी की आस नहीं

मुझे ये डर है तिरी आरज़ू न मिट जाये
बहुत दिनों से तबिय्यत मिरी उदास नहीं

☪

दिल धड़कने का सबब याद आया
वो तिरी याद थी अब याद आया

आज मुश्किल था संभालना ऐ दोस्त
तू मुसीबत में अजब याद आया

दिन गुज़ारा था बड़ी मुश्किल से
फिर तिरा वादा-ए-शब याद आया

तेरा भूला हुआ पैमाने-वफ़ा
मर रहेंगे अगर अब याद आया

फिर कई लोग नज़र से गुज़रे
फिर कोई शहरे-तरब याद आया

हाले-दिल हम भी सुनाते लेकिन
जब वो रुख़्सत हुआ तब याद आया

बैठ कर साया-ए-गुल में 'नासिर'
हम बहुत रोये वो जब याद आया

नए कपड़े बदल कर जाऊँ कहाँ और बाल बनाऊं किसके लिए
वो शख़्स तो शहर ही छोड़ गया मैं बाहर जाऊँ किसके लिए

जिस धूप की दिल में ढंडक थी वो धूप उसी के साथ गयी
इन जलती बलती गलियों में अब ख़ाक उड़ाऊँ किसके लिए

वो शहर में था तो उसके लिए औरों से भी मिलना पड़ता था
अब ऐसे वैसे लोगों के मैं नाज़ उठाऊँ किस के लिए

अब शहर में उस का बदल ही नहीं कोई वैसा जाने-ग़ज़ल ही नहीं
ऐवाने-ग़ज़ल में लफ़्ज़ों के गुलदान सजाऊँ मैं किसके लिए

मुद्दत से कोई आया न गया सुनसान पड़ी है घर की फ़िज़ा
इन ख़ाली कमरों में 'नासिर' अब शम्अ जलाऊँ किसके लिए

ख़याले-तर्के-तमन्ना न कर सके तू भी
उदासियों का मदावा न कर सके तू भी

कभी वो वक़्त भी आये कि कोई लम्हा-ए-ऐश
मिरे बग़ैर गवारा न कर सके तू भी

ख़ुदा वो दिन भी दिखाये तुझे कि मेरी तरह
मिरी वफ़ा पे भरोसा न कर सके तू भी

मैं अपना उक़्दा-ए-दिल तुझ को सौंप देता हूँ
बड़ा मज़ा हो अगर वा न कर सके तू भी

तुझे ये ग़म कि मिरी ज़िन्दगी का क्या होगा
मुझे ये ज़िद कि मदावा न कर सके तू भी

न कर ख़याले-तलाफ़ी कि मेरा ज़ख़्मे-वफ़ा
वो ज़ख़्म है जिसे अच्छा न कर सके तू भी

☪

गए दिनों का सुराग़ लेकर किधर से आया किधर गया वो
अजीब मानूस अजनबी था मुझे तो हैरान कर गया वो

बस एक मोती सी छब दिखा कर बस एक मीठी सी धुन सुना कर
सितारा-ए-शाम बन के आया बरंगे-ख़्वाबे-सहर गया वो

ख़ुशी की रुत हो कि ग़म का मौसम नज़र उसे ढूंढती है हर दम
वो बू-ए-गुल था कि नग़मा-ए-जां मिरे तो दिल में उतर गया वो

न अब वो यादों का चढ़ता दरिया न फ़ुर्सतों की उदास बरखा
यूँही ज़रा कसक है दिल में जो ज़ख़्म गहरा था भर गया वो

कुछ अब सँभलने लगी है जां भी बदल चुका दौरे-आसमां भी
जो रात भारी थी टल गयी है जो दिन कड़ा था गुज़र गया वो

बस एक मंज़िल है बुलहवस की हज़ार रस्ते हैं अहले-दिल के
यही तो है फ़र्क़ मुझमें उस में गुज़र गया वो ठहर गया वो

शिकस्ता-पा राह में खड़ा हूँ गए दिनों को बुला रहा हूँ
जो क़ाफ़िला मेरा हमसफ़र था मिसाले-गर्दे-सफ़र गया वो

मिरा तो ख़ूं हो गया है पानी सितमगरों की पलक न भीगी
जो नाला उट्ठा था रात दिल से न जाने क्यों बेअसर गया वो

वो मैकदे को जगाने वाले वो रात की नींद उड़ाने वाले
ये आज क्या उसके जी में आयी कि शाम होते ही घर गया वो

वो हिज्र की रात का सितारा वो हम नफ़स हम-सुख़न हमारा
सदा रहे उसका नाम प्यारा सुना है कल रात मर गया वो

वो जिसके शाने पे हाथ रख के सफ़र किया तूने मंज़िलों का
तिरी गली से न जाने क्यों आज सर झुका कर गुज़र गया वो

वो रात का बेनवा मुसाफिर वो तेरा शाइर वो तेरा 'नासिर'
तिरी गली तक तो हमने देखा था फिर न जाने किधर गया वो

☪

ग़म है या ख़ुशी है तू
मेरी ज़िंदगी है तू

आफ़तों के दौर में
चैन की घड़ी है तू

मेरी रात का चराग़
मेरी नींद भी है तू

मैं ख़िज़ाँ की शाम हूँ
रुत बहार की है तू

दोस्तों के दरमियाँ
वज्हे-दोस्ती है तू

मेरी सारी उम्र में
एक ही कमी है तू

मैं तो वो नहीं रहा
हाँ मगर वो ही है तू

'नासिर' इस दयार में
कितना अजनबी है तू

निय्यते-शौक़ भर न जाए कहीं
तू भी दिल से उतर न जाए कहीं

आज देखा है तुझ को देर के बाद
आज का दिन गुज़र न जाए कहीं

न मिला कर उदास लोगों से
हुस्न तेरा बिखर न जाए कहीं

आरज़ू है कि तू यहाँ आए
और फिर उम्र भर न जाए कहीं

जी जलाता हूँ और सोचता हूँ
राएगाँ ये हुनर न जाए कहीं

आओ कुछ देर रो ही लें 'नासिर'
फिर ये दरिया उतर न जाए कहीं

अमजद इस्लाम अमजद

दुनिया में कुछ बुरा भी तमाशा नहीं रहा
दिल चाहता था जिस तरह वैसा नहीं रहा

तुमसे मिले भी हम तो जुदाई के मोड़ पर
कश्ती हुई नसीब तो दरया नहीं रहा

कहते थे एक पल न जियेंगे तिरे बग़ैर
हम दोनों रह गए हैं वो वादा नहीं रहा

आँखें भी देख देख के ख़्वाब आ गयी हैं तंग
दिल में भी अब वो शौक़ वो लपका नहीं रहा

कैसे मिलाएं आँख किसी आइने से हम
'अमजद' हमारे पास तो चेहरा नहीं रहा

इक नाम की उड़ती ख़ुशबू में इक ख़्वाब सफ़र में रहता है
इक बस्ती आँखें मलती है इक शहर नज़र में रहता है

क्या अहले-हुनर क्या अहले-शरफ़ सब टुकड़े रद्दी काग़ज़ के
इस दौर में है वो शख़्स बड़ा जो रोज़ ख़बर में रहता है

पानी में रोज़ बहाता है इक शख़्स दिये उम्मीदों के
और अगले दिन तक फिर उनके हमराह भँवर में रहता है

इक ख़्वाबे-हुनर की आहट से क्या आग लहू में जलती है
क्या लहर सी दिल में चलती है क्या नशा सा सर में रहता है

जो पेड़ पे लिक्खी जाती है जो गीली रेत से बनता है
कौन उस तहरीर का वारिस है कौन ऐसे घर में रहता है

हर शाम सुलगती आखों को दीवार में चुन कर जाती है
हर ख़्वाब शिकस्ता होने तक ज़ंजीरे-सहर में रहता है

ये शहर कथा भी है 'अमजद' इक क़िस्सा सोते गाते का
हम देखें जिस किरदार को भी जादू के असर में रहता है

आँखों का रंग बात का लहजा बदल गया
वो शख़्स एक शाम में कितना बदल गया

कुछ दिन तो मेरा अक्स रहा आइने पे नक़्श
फिर यूँ हुआ कि ख़ुद मिरा चेहरा बदल गया

जब अपने-अपने हाल पे हम तुम न रह सके
तो क्या हुआ जो हमसे ज़माना बदल गया

कोई भी चीज़ अपनी जगह पर नहीं रही
जाते ही एक शख़्स के क्या क्या बदल गया

उठ कर चला गया कोई वक़्फ़े के दरमियान
पर्दा उठा तो सारा तमाशा बदल गया

हैरत से सारे लफ़्ज़ उसे देखते रहे
बातों में अपनी बात को कैसा बदल गया

कहने को एक सहन में दीवार ही बनी
घर की फ़िज़ा मकान का नक्शा बदल गया

शायद वफ़ा के खेल से उकता गया था वो
मंज़िल के पास आके जो रस्ता बदल गया

क़ायम किसी भी हाल पे दुनिया नहीं रही
ताबीर खो गयी कभी सपना बदल गया

आखों में जितने अश्क थे जुगनू से बन गए
वो मुस्कुराया और मिरी दुनिया बदल गया

अपनी गली में अपना ही घर ढूंढते हैं लोग
'अमजद' ये कौन शहर का नक्शा बदल गया

☪

दिल के दरिया को किसी रोज़ उतर जाना है
इतना बेसम्त न चल लौट के घर जाना है

उस तक आती है तो हर चीज़ ठहर जाती है
जैसे पाना ही इसे अस्ल में मर जाना है

बोल ऐ शामे-सफ़र रंगे-रिहाई क्या है
दिल को रुकना है कि तारों को ठहर जाना है

कौन उभरते हुए महताब का रस्ता रोके
उसको हर तौर सू-ए-दश्ते-सहर जाना है

मैं खिला हूँ तो इसी ख़ाक में मिलना है मुझे
वो तो ख़ुशबू है उसे अगले नगर जाना है

वो तिरे हुस्न का जादू हो कि मेरा ग़मे-दिल
हर मुसाफ़िर को किसी घाट उतर जाना है

परवीन शाकिर

खुली आँखों में सपना झांकता है
वो सोया है कि कुछ कुछ जागता है

तिरी चाहत के भीगे जंगलों में
मिरा तन मोर बन कर नाचता है

मुझे हर कैफ़िय्यत में क्यों न समझे
वो मेरे सब हवाले जानता है

मैं उसकी दस्तरस में हूँ मगर वो
मुझे मेरी रज़ा से मांगता है

किसी के ध्यान में डूबा हुआ दिल
बहाने से मुझे भी टालता है

सड़क को छोड़ कर चलना पड़ेगा
कि मेरे घर का कच्चा रास्ता है

अपनी तन्हाई मिरे नाम पे आबाद करे
कौन होगा जो मुझे उसकी तरह याद करे

दिल अजब शहर कि जिस पर भी खुला दर उसका
वो मुसाफ़िर उसे हर सम्त से बर्बाद करे

अपने क़ातिल की ज़हानत से परेशान हूँ मैं
रोज़ इक मौत नए तर्ज़ की ईजाद करे

इतना हैराँ हूँ मिरी बेतलबी के आगे
वा क़फ़स में कोई दर ख़ुद मिरा सैय्याद करे

सल्बे-बीनाई के अहकाम मिले हैं जो कभी
रौशनी छूने की ख़्वाहिश कोई शबज़ाद करे

सोच रखना भी जराइम में है शामिल अब तो
वो ही मासूम है हर बात पे जो साद करे

जब लहू बोल पड़े उसकी गवाही के ख़िलाफ़
कीजिये शहर कुछ इस बात में इरशाद करे

उसकी मुट्ठी में बहुत रोज़ रहा मेरा वजूद
मेरे साहिर से कहो अब मुझे आज़ाद करे

☪

गुलाब हाथ में हो आँख में सितारा हो
कोई वुजूदे-मुहब्बत का इस्तिआरा हो

मैं गहरे पानी की उस रौ के साथ बहती रहूं
जज़ीरा हो कि मुक़ाबिल कोई किनारा हो

कभी कभार उसे देख लें कहीं मिल लें
ये कब कहा था कि वो ख़ुश बदन हमारा हो

क़ुसूर हो तो हमारे हिसाब में लिख जाये
मुहब्बतों में जो इंसान हो तुम्हारा हो

ये इतनी रात गए कौन दस्तकें देगा
कहीं हवा का ही उसने न रूप धारा हो

उफ़क़ तो क्या है दरे-कहकशां भी छू आएं
मुसफ़िरों को अगर चाँद का इशारा हो

मैं अपने हिस्से के सुख जिसके नाम कर डालूं
कोई तो हो जो मुझे उस तरह का प्यारा हो

अगर वुजूद में आहंग है तो वस्ल भी है
मैं चाहे नज़्म का टुकड़ा वो नस्र पारा हो

शदीद दुःख था अगर्चे तिरी जुदाई का
सिवा है रंज हमें तेरी बेवफ़ाई का

तुझे भी ज़ौक़ नए तज्रिबात का होगा
हमें भी शौक था कुछ बख़्त आज़माई का

जो मेरे सर से दुपट्टा न हटने देता था
उसे भी रंज नहीं मेरी बे-रिदाई का

रिदा छुटी मिरे सर से मगर मैं क्या कहती
कटा हुआ तो न था हाथ मेरे भाई का

मिले तो ऐसे रगे-जाँ को जैसे छू आये
जुदा हुए तो वही कर्ब नारसाई का

कोई सवाल जो पूछे तो क्या कहूं उससे
बिछड़ने वाले सबब तो बता जुदाई का

मैं सच को सच ही कहूँगी मुझे ख़बर ही न थी
तुझे भी इल्म न था मेरी इस बुराई का

न दे सका मुझे ताबीर, ख़्वाब तो बख़्शे
मैं एहतराम करूंगी तिरी बड़ाई का

☪

कू-ब-कू फैल गयी बात शनासाई की
उसने ख़ुश्बू की तरह मेरी पज़ीराई की

कैसे कह दूँ कि मुझे छोड़ दिया है उसने
बात तो सच है मगर बात है रुस्वाई की

वो कहीं भी गया लौटा तो मिरे पास आया
बस यही बात है अच्छी मिरे हरजाई की

तेरा पहलू तिरे दिल की तरह आबाद रहे
तुझपे गुज़रे न क़यामत शबे-तन्हाई की

उसने जलती हुई पेशानी पे जब हाथ रखा
रूह तक आ गयी तासीर मसीहाई की

अब भी बरसात की रातों में बदन टूटता है
जाग उठती हैं अजब ख़्वाहिशें अंगड़ाई की

जौन एलिया

तुम हक़ीक़त नहीं हो हसरत हो
जो मिले ख़्वाब में वो दौलत हो

मैं तुम्हारे ही दम से ज़िंदा हूँ
मर ही जाऊं जो तुमसे फ़ुर्सत हो

तुम हो ख़ुश्बू कि ख़्वाब की ख़ुश्बू
और उतनी ही बेमुरव्वत हो

तुम हो पहलू में पर क़रार नहीं
यानी ऐसा है जैसे फ़ुरक़त हो

तुम हो अंगड़ाई रंगो-निकहत की
कैसे अंगड़ाई से शिकायत हो

किस तरह छोड़ दूँ तुम्हें जानाँ
तुम मिरी ज़िन्दगी की आदत हो

किसलिए देखती हो आईना
तुम तो ख़ुद से भी ख़ूबसूरत हो

दास्ताँ ख़त्म होने वाली है
तुम मिरी आख़िरी मुहब्बत हो

नया इक रब्त पैदा क्यों करें हम
बिछड़ना है तो झगड़ा क्यों करें हम

ख़मोशी से अदा हो रस्मे-दूरी
कोई हंगामा बरपा क्यों करें हम

ये काफ़ी है कि हम दुश्मन नहीं हैं
वफ़ादारी का दावा क्यों करें हम

वफ़ा, इख़लास, क़ुर्बानी, मुहब्बत
अब इन लफ़्ज़ों का पीछा क्यों करें हम

हमारी ही तमन्ना क्यों करो तुम
तुम्हारी ही तमन्ना क्यों करें हम

नहीं दुनिया को जब परवा हमारी
तो फिर दुनिया की परवा क्यों करें हम

हैं बाशिंदे इसी बस्ती के हम भी
सो ख़ुद पर भी भरोसा क्यों करें हम

चबा लें क्यों न ख़ुद ही अपना ढांचा
तुम्हें रातिब मुहैया क्यों करें हम

☪

सईदुल्लाह शाह

सहर के साथ ही सूरज का हम-रकाब हुआ
जो अपने आप से निकला वो कामयाब हुआ

मैं जागता रहा इक ख़्वाब देख कर बरसों
फिर उसके बाद मिरा जागना भी ख़्वाब हुआ

मैं ज़िन्दगी के हर इक मरहले से गुज़रा हूँ
कभी मैं ख़ार बना और कभी गुलाब हुआ

समुन्दरों का सफ़र भी तो दश्त ऐसा था
जिसे जज़ीरा समझते थे इक सराब हुआ

वो पूछता था कि आख़िर हमारा रिश्ता है क्या
सवाल उसका मिरे वास्ते जवाब हुआ

हमारी आँख में दोनों ही डूब जाते हैं
वो आफ़ताब हुआ या कि माहताब हुआ

न अपना आप है बाक़ी न 'सैद' ये दुनिया
ये आगही का सफ़र तो मुझे अज़ाब हुआ

तुमने कैसा ये राब्ता रक्खा
न मिले हो न फ़ासला रक्खा

नहीं चाहा किसी को तेरे सिवा
तूने हमको भी पारसा रक्खा

फूल खिलते ही खिल गयीं आँखें
किसने ख़ुशबू में सानेहा रक्खा

तू न रुस्वा हो इसलिए हमने
अपनी चाहत पे दायरा रक्खा

झूठ बोला तो उम्र भर बोला
तुमने इसमें भी ज़ाब्ता रक्खा

इक तअल्लुक़ था इसलिए हमने
अपने हिस्से में सोचना रक्खा

हबीब जालिब

ये ज़िन्दगी गुज़ार रहे हैं जो हम यहाँ
ये ज़िन्दगी नसीब है लोगों को कम यहाँ

कोशिश के बावजूद भुलाये न जाएंगे
हम पर जो दोस्तों ने किये हैं करम यहाँ

कहने को हमसफ़र हैं बहुत इस दयार में
चलता नहीं है साथ कोई दो क़दम यहाँ

दीवारे-यार हो या शबिस्ताने-शहरे-यार
दो पल को भी किसी के न साये में थम यहाँ

नज़्में उदास उदास फ़साने बुझे-बुझे
मुद्दत से अश्कबार हैं लौहो-क़लम यहाँ

ऐ हमनफ़स यही तो हमारा क़ुसूर है
करते हैं धड़कनों के फ़साने रक़म यहाँ

दिल की बात लबों पर ला कर अब तक हम दुख सहते हैं
हम ने सुना था, इस बस्ती में दिलवाले भी रहते हैं

बीत गया सावन का महीना मौसम ने नज़रें बदलीं
लेकिन इन प्यासी आंखों से अब तक आँसू बहते हैं

एक हमें आवारा कहना कोई बड़ा इल्ज़ाम नहीं
दुनिया वाले दिलवालों को और बहुत कुछ कहते हैं

जिन की ख़ातिर शहर भी छोड़ा, जिन के लिए बदनाम हुए
आज वही हम से बेगाने, बेगाने से रहते हैं

वो जो अभी इस राहगुज़र से चाक गिरेबाँ गुज़रा था
उस आवारा दीवाने को 'जालिब' 'जालिब' कहते हैं

☪

सऊद उस्मानी

ये ख़ुशनज़री ख़ुश नज़र आने के लिए है
अंदर की उदासी को छुपाने के लिए है

मैं साथ किसी के भी सही पास हूँ तेरे
सब दरबदरी एक ठिकाने के लिए है

टूटे हुए ख़्वाबों से उठायी हुई दीवार
इक आख़िरी सपने को बचने के लिए है

इस राह पे इक उम्र गुज़र आये तो देखा
ये राह फ़क़त लौट के जाने के लिए है

रह रह के कोई ख़ाक उड़ा जाता है मुझ पर
क्या दश्त है और कैसे दीवाने के लिए है

तुझको नहीं मालूम कि मैं जान चुका हूँ
तू साथ फ़क़त साथ निभाने के लिए है

तू नस्ले-हवा से है भला तुझको ख़बर क्या
वो दुःख जो चराग़ों के घराने के लिए है

बिछड़ रहा है ये दिल ज़िन्दगी के धारे से
मगर ये बात कहे कौन इतने प्यारे से

निकल रहा हूँ बहुत दूर इस ज़मीन से मैं
कलाम करता हुआ सुब्ह के सितारों से

वो गिर रहा है किसी आबशार की सूरत
मैं तक रहा हूँ उसे आख़िरी किनारे से

तिरे बग़ैर ज़मीनो-ज़मान हैं भी तो क्या
अरे ये दिल कि निकलता नहीं ख़सारे से

जो कट गयी है उसे इतना सरसरी न समझ
मियां ये उम्र गुज़रती नहीं गुज़ारे से

बड़ा हिजाब है हद से ज़ियादा क़र्ब सऊद
कि नक्श छुपते हैं नज़दीक के नज़ारे से

☪

सलीम कौसर

मैं ख़याल हूँ किसी और का मुझे सोचता कोई और है
सरे-आइना मिरा अक्स है पसे-आइना कोई और है

मैं किसी के दस्ते-तलब में हूँ तो किसी हर्फ़े-दुआ में हूँ
मैं नसीब हूँ किसी और का मुझे मांगता कोई और है

अजब ऐतबारो-बेऐतबारी के दरम्यान है ज़िन्दगी
मैं क़रीब हूँ किसी और के मुझे जानता कोई और है

तुझे दुश्मनों की ख़बर न थी मुझे दोस्तों का पता न था
तिरी दास्ताँ कोई और थी मेरा वाक़्या कोई और है

वही मुंसिफ़ों की रिवायतें वही फ़ैसलों की इबारतें
मिरा जुर्म तो कोई और था प' मिरी सज़ा कोई और है

कभी लौट आएं तो पूछना नहीं देखना उन्हें ग़ौर से
जिन्हे रास्ते में ख़बर हुई कि ये रास्ता कोई और है

मिरी रौशनी तिरे ख़द्दो-ख़ाल से मुख़्तलिफ़ तो नहीं मगर
तू क़रीब आ तुझे देख लूँ तू वही है या कोई और है

जो मिरी रियाज़ते-नीम शब को 'सलीम' सुब्ह न मिल सकी
तो फिर इसके माना तो ये हुए कि यहाँ ख़ुदा कोई और है

कहाँ से आएंगे दाम सोचा हुआ है मैंने
छुड़ाना है इक गुलाम सोचा हुआ है मैंने

अगर मैं सूरज के साथ ढलने से बच गया तो
कहाँ गुज़ारूंगा शाम सोचा हुआ है मैंने

मैं इक मुसलसल सफ़र में गुम हूँ मगर वो बस्ती
जहाँ करूंगा क़याम सोचा हुआ है मैंने

यही नहीं याद आ रहा भेजना है किसको
बहुत दिनों से पयाम सोचा हुआ है मैंने

मैं एक ऐसा जहां बनाने की फ़िक्र में हूँ
कि जिसका हर इंतज़ाम सोचा हुआ है मैंने

तुम्हारे ज़िम्मे जो काम है तुम उसे सम्भालो
कि अपने हिस्से का काम सोचा हुआ है मैंने

मिरी दुआ है वो आये और मैं उसे पुकारूँ
कि उसका अच्छा सा नाम सोचा हुआ है मैंने

शुरूअ करने का वक़्त ही तो नहीं है वरना
कहानी का इख़्तिताम सोचा हुआ है मैंने

मिरा अदू मेरा दोस्त बन जायेगा बिलआख़िर
'सलीम' वो इंतक़ाम सोचा हुआ है मैंने

शाहिदा हसन

मिरे नशेमन बिखर न जाएँ हवा क़यामत की चल रही है
जो ख़्वाब ज़िंदा हैं मर न जाएँ हवा क़यामत की चल रही है

न जाने क्यों इज़्तरार सा है हर एक पल बेक़रार सा है
ये ख़ौफ़ दिल में उतर न जाये हवा क़यामत की चल रही है

अजीब साअत है आज सर पर कि आंच आयी हुई है घर पर
दुआ कहीं बेअसर न जाये हवा क़यामत की चल रही है

रुतों के तेवर नहीं हैं अच्छे बदल चुके दोस्तों के लहजे
ये सैले-नफ़रत बिफर न जाये हवा क़यामत की चल रही है

निशाने-मंज़िल तो है फ़रोज़ाँ मगर हम ऐसे मुसाफ़िरों की
कहीं उसी पर नज़र न जाये हवा क़यामत की चल रही है

रफ़ाक़तों का ख़याल रखना दिलों को पैहम संभाल रखना
बिछड़ कोई हमसफ़र न जाये हवा क़यामत की चल रही है

सदा मुक़द्दम है तेरी हुरमत मिरे वतन तू रहे सलामत
वफ़ा का अहसास मर न जाये हवा क़यामत की चल रही है

वसी शाह

अपने अहसास से छू कर मुझे संदल कर दो
मैं कि सदियों से अधूरा हूँ मुकम्मल कर दो

न तुम्हें होश रहे और न मुझे होश रहे
इस क़द्र टूट के चाहो मुझे पागल कर दो

तुम हथेली को मिरे प्यार की मेहँदी से रंगो
अपनी आखों में मिरे नाम का काजल कर दो

उसके साये में मिरे ख़्वाब दहक उठेंगे
मेरे चेहरे पे चमकता हुआ आँचल कर दो

धूप ही धूप हूँ मैं टूट के बरसो मुझ पर
इस क़दर बरसो मिरी रूह में जलथल कर दो

तुम छुपा लो मिरा दिल ओट में अपने दिल की
और मुझे मेरी निगाहों से भी ओझल कर दो

मसअला हूँ तो निगाहें न चुराओ मुझसे
अपनी चाहत से तवज्जो से मुझे हल कर दो

अपने ग़म से कहो हर वक़्त मिरे साथ रहे
एक अहसान करो उसको मुसलसल कर दो

मुझ पे छा जाओ किसी आग की सूरत जानां
और मिरी ज़ात को सूखा हुआ जंगल कर दो

ओबैदुल्लाह अलीम

बना गुलाब तो कांटे चुभा गया इक शख़्स
हुआ चराग़ तो घर ही जला गया इक शख़्स

तमाम रंग मिरे और सारे ख़्वाब मिरे
फ़साना था कि फ़साना बना गया इक शख़्स

मैं किस फ़िज़ा में उड़ूँ किस फ़िज़ा में लहराऊँ
दुखों के जाल हर इक सू बिछा गया इक शख़्स

पलट सकूँ ही न आगे ही बढ़ सकूँ जिस पर
मुझे ये कौन से रस्ते लगा गया इक शख़्स

मुहब्बतें भी अजब उसकी नफ़रतें भी कमाल
मिरी ही तरह का मुझमें समा गया इक शख़्स

मुहब्बतों ने किसी की भुला रखा था उसे
मिले वो ज़ख़्म के फिर याद आ गया इक शख़्स

खुला ये राज़ की आईना-ख़ाना है दुनिया
और इसमें मुझको तमाशा बना गया इक शख़्स

वहशतें कैसी हैं ख़्वाबों से उलझता क्या है
एक दुनिया है अकेली तू ही तन्हा क्या है

दाद-ए-ज़र्फ़े-समाअत तो करम है वरना
तिश्नगी है मिरी आवाज़ तो नग़मा क्या है

बोलता है कोई हर आन लहू में मेरे
पर दिखाई नहीं देता ये तमाशा क्या है

जिस तमन्ना में गुज़रती है जवानी मेरी
मैंने अब तक नहीं जाना वो तमन्ना क्या है

ये मिरी रूह का अहसास है आँखें क्या हैं
ये मिरी ज़ात का आईना है चेहरा क्या है

काश देखो कभी टूटे हुए आईनों को
दिल शिकस्ता हो तो फिर अपना पराया क्या है

ज़िन्दगी की ऐ कड़ी धूप बचा ले मुझको
पीछे पीछे ये मेरी मौत का साया क्या है

☪

अदीम हाशमी

गुज़रे हुए तवील ज़माने के बाद भी
दिल में रहा वो छोड़ के जाने के बाद भी

पहलू में रह के दिल ने दिया है बहुत फ़रेब
रक्खा है उसको याद भुलाने के बाद भी

वो हुस्न है किसी में नहीं ताब दीद की
पिन्हाँ है वो नक़ाब उठाने के बाद भी

क़ुर्बत के बाद और भी क़ुर्बत की है तलाश
दिल मुत्मइन नहीं तिरे आने के बाद भी

गो तू यहाँ नहीं है मगर तू यहीं पे है
तेरा ही ज़िक्र है तेरे जाने के बाद भी

सारी ज़मीं का नूर भी सूरज न बन सका
शब ही रही चराग़ जलाने के बाद भी

नारे-हसद ने दिल को जलाया है यूँ 'अदीम'
ये तो निशां रहेगा मिटाने के बाद भी

लगता है कुछ कहा ही नहीं है उसे अदीम
दिल का तमाम हाल सुनाने के बाद भी

फ़ासले ऐसे भी होंगे ये कभी सोचा न था
सामने बैठा था मेरे और वो मेरा न था

ख़ुद चढ़ा रक्खे थे हमने अजनबिय्यत के ग़िलाफ़
वर्ना कब इक दूसरे को हम ने पहचाना न था

वो कि ख़ुशबू की तरह फैला था मेरे चार-सू
मैं उसे महसूस कर सकता था छू सकता न था

रात भर पिछली ही आहट कान में आती रही
झाँक कर देखा गली में कोई भी आया न था

अक्स तो मौजूद था पर अक्स तन्हाई का था
आइना तो था मगर उस में तिरा चेहरा न था

आज उस ने दर्द भी अपने अलहदा कर लिए
आज मैं रोया तो मेरे साथ वो रोया न था

क़तील शिफ़ाई

वो दिल ही क्या तिरे मिलने की जो दुआ न करे
मैं तुझको भूल के ज़िंदा रहूं ख़ुदा न करे

रहेगा साथ तिरा प्यार ज़िन्दगी बन कर
ये और बात मिरी ज़िन्दगी वफ़ा न करे

ये ठीक है नहीं मरता कोई जुदाई में
ख़ुदा किसी को किसी से मगर जुदा न करे

अगर वफ़ा पे भरोसा रहे न दुनिया को
तो कोई शख़्स मुहब्बत का हौसला न करे

सुना है उसको मोहब्बत दुआएं देती है
जो दिल पे चोट तो खाये मगर गिला न करे

बुझा दिया है नसीबों ने मेरे प्यार का चाँद
कोई दिया मिरी पलकों पे अब जला न करे

ज़माना देख चुका है परख चुका है उसे
'क़तील' जान से जाये ये इल्तिजा न करे

दुनिया से न घबराएंगे उसने ये कहा था
हम प्यार किये जायेंगे उसने ये कहा था

कांटे जो दिखाएंगे ज़रा सी भी अदावत
हम फूल नज़र आएंगे उसने ये कहा था

रोकेगा हिमाला भी अगर राह हमारी
हम उसको भी ठुकरायेंगे उसने ये कहा था

हालात बदलते हुए लगती नहीं कुछ देर
हालात बदल जाएंगे उसने ये कहा था

हम आदमो-हव्वा हैं न रास आयी जो दुनिया
जन्नत को पलट जाएंगे उसने ये कहा था

हर लम्हा मोहब्बत का हयाते-अब्दी है
मर कर भी न मर पाएंगे उसने ये कहा था

मैं ही 'क़तील' आपके साये में रहूंगी
आप आप ही कहलाएंगे उसने ये कहा था

मोहसिन नक़्वी

मंसूब थे जो लोग मिरी ज़िन्दगी के साथ
अक्सर वही मिले हैं बड़ी बेरुख़ी के साथ

यूँ तो मैं हंस पड़ा हूँ तुम्हारे लिए मगर
कितने सितारे टूट पड़े इक हंसी के साथ

फ़ुर्सत मिले तो अपना गिरेबां भी देख ले
ऐ दोस्त यूँ न खेल मिरी बेबसी के साथ

चेहरे बदल बदल के मुझे मिल रहे हैं लोग
इतना बुरा सुलूक़ मिरी सादगी के साथ

इक सजदा-ए-ख़ुलूस की क़ीमत फ़िज़ा-ए-ख़ुल्द
या रब न कर मज़ाक़ मिरी बंदगी के साथ

'मोहसिन' करम लय भी हो जिसमे ख़ुलूस भी
मुझको ग़ाज़ब का प्यार है उस दुश्मनी के साथ

आँखों में कोई ख़्वाब उतरने नहीं देता
ये दिल कि मुझे चैन से मरने नहीं देता

बिछड़े तो अजब प्यार जताता है ख़तों में
मिल जाये तो फिर हद से गुज़रने नहीं देता

वो शख़्स ख़िज़ां रुत में भी मोहतात है कितना
सूखे हुए फूलों को बिखरने नहीं देता

इक रोज़ तिरी प्यास खरीदेगा वो ग़बरू
पानी तुझे पनघट से जो भरने नहीं देता

वो दिल में तबस्सुम की किरन घोलने वाला
रूठे तो रुतों को भी संवरने नहीं देता

मैं उसको मनाऊँ कि ग़मे-दहर से उलझूं
'मोहसिन' वो कोई काम भी करने नहीं देता

मुनीर नियाज़ी

बेचैन बहुत फिरना घबराये हुए रहना
इक आग सी जज़्बों की दहकाये हुए रहना

छलकाए हुए चलना ख़ुश्बू शबे-लालीं की
इक बाग़ सा साथ अपने महकाये हुए रहना

इस हुस्न का शेवा है जब इश्क़ नज़र आये
परदे में चले जाना शर्माए हुए रहना

इक शाम सी कर रखना काजल के करिश्मे से
इक चाँद सा आँखों में चमकाए हुए रहना

आदत सी बना ली है तुमने तो 'मुनीर' अपनी
जिस शहर में भी रहना उकताए हुए रहना

ग़म के बारिश ने भी तेरे नक्श को धोया नहीं
तूने मुझको खो दिया मैंने तुझे खोया नहीं

नींद का हल्का गुलाबी सा ख़ुमार आँखों में था
यूँ लगा जैसे वो शब को देर तक सोया नहीं

कह सके जो दिल की हालत वो लबे-गोया नहीं
काटता हूँ ज़िन्दगी भर मैंने जो बोया नहीं

जानता हूँ एक ऐसे शख़्स को मैं भी "मुनीर"
ग़म से पत्थर हो गया लेकिन कभी रोया नहीं

☪

नोशी गिलानी

यही है ना तुम्हारी बे-ध्यानी से गुरेज़ाँ हैं
कि अब तो हम भी अपनी राएगानी से गुरेज़ाँ हैं

तुझे बस एक पल को देखना था बात करनी थी
मगर अब तेरे लहजे की गरानी से गुरेज़ाँ हैं

तुम्हारे नाम पर जलता दिया बुझने नहीं देते
मगर दिल पर तुम्हारी हुक्मरानी से गुरेज़ाँ हैं

फ़रेबे-गुफ़्तगू ने देर तक महसूर रक्खा है
मगर अब हम फ़िज़ा-ए-ख़ुशगुमानी से गुरेज़ाँ हैं

अज़ाबे-तिश्नगी ने जिस्मो-जां को रेत कर डाला
लबे-दरिया खड़े हैं और पानी से गुरेज़ाँ हैं

तुझे तसख़ीर करना था किसी दिलदार साअत में
मगर यूँ है कि अब सारी कहानी से गुरेज़ाँ हैं

कभी शाख़े-बदन पर रौशनी की आयतें उतरें
कभी ये रतजगे इस मेहरबानी से गुरेज़ाँ हैं

कुछ भी कर गुजरने में कितनी देर लगती है
बर्फ़ के पिघलने में कितनी देर लगती है

उसने हंस के देखा तो मुस्कुरा दिए हम भी
ज़ात से निकलने में कितनी देर लगती है

हिज्र की तमाज़त से वस्ल के अलाव तक
लड़कियों के जलने में कितनी देर लगती है

बात जैसी बे मानी बात और क्या होगी
बात के मुकरने में कितनी देर लगती है

ज़ो'म कितना करते हो इक चिराग़ पर अपने
और हवा के चलने में कितनी देर लगती है

जब यक़ीं की बाहों पर शक के पाओं पड़ जाएँ
चूड़ियां बिखरने में कितनी देर लगती है

☪

इक पशेमान सी हसरत से मुझे चूमता है
अब वही शहर मोहब्बत से मुझे चूमता है

मैं तो महदूद से लम्हों में मिली थी उससे
फिर भी वो कितनी वज़ाहत से मुझे चूमता है

जिसने सोचा ही न था हिज्र का मुमकिन होना
दुःख में डूबी हुयी हैरत से मुझे चूमता है

मैं तो मर जाऊँ अगर सोचने लग जाऊँ उसे
और वो कितनी सहूलत से मुझे चूमता है

गर्चे अब तर्के-मरासिम को बहुत देर हुयी
इक नए रुख़ नयी सूरत से मुझे चूमता है

☾★

पलट कर फिर कभी उसने पुकारा ही नहीं है
वो जिसकी याद से दिल को किनारा ही नहीं है

मोहब्बत खेल ऐसा तो नहीं हम लौट जाएँ
कि इसमें जीत भी होगी ख़सारा ही नहीं है

कभी वो जुगनुओं को मुट्ठियों में क़ैद करना
मगर अब तो हमें ये सब गवारा ही नहीं है

अब उसके खालो-ख़द का ज़िक्र क्या करते किसी से
कि हम पर आज तक वो आशकारा ही नहीं है

ये ख़्वाहिश थी कि हम कुछ दूर तक तो साथ चलते
सितारों का मगर कोई इशारा ही नहीं है

बहुत से ज़ख़्म खाये दिल ने आख़िर तय किया है
तुम्हारे शहर में अपना गुज़ारा ही नहीं है

अख़्तर हुसैन जाफ़री

कोई धुन हो मैं तेरे गीत ही गाए जाऊँ
दर्द सीने में उठे शोर मचाये जाऊँ

ख़्वाब बन कर तू बरसता रहे शबनम-शबनम
और मैं बस इसी मोती में नहाये जाऊँ

तेरे ही रंग उतरते चले जाएँ मुझमें
ख़ुद को लिक्खूं तिरी तस्वीर बनाये जाऊँ

जिसको मिलना नहीं फिर उससे मोहब्बात कैसी
सोचता जाऊँ मगर दिल में बसाये जाऊँ

तू अब उसकी हुयी जिस पे मुझे प्यार आता है
ज़िन्दगी आ तुझे सीने से लगाए जाऊँ

यही चेहरे मिरे होने की गवाही देंगे
हर नए हर्फ़ में जां अपनी समाए जाऊँ

जान तो चीज़ है क्या रिश्ता-ए-जां के आगे
कोई आवाज़ दिए जाये मैं आये जाऊँ

शायद इस राह पे कुछ और भी राही आएं
धूप में चलता रहूं साये बिछाये जाऊँ

अहले-दिल होंगे तो समझेंगे सुख़न को मेरे
बज़्म में आ ही गया हूँ तो सुनाये जाऊँ

अब्बास ताबिश

हसने नहीं देता कभी रोने नहीं देता
ये दिल तो कोई काम भी होने नहीं देता

तुम मांग रहे हो मिरे दिल से मिरी ख़्वाहिश
बच्चा तो कभी अपने खिलौने नहीं देता

मैं आप उठता हूँ शबो-रोज़ की ज़िल्लत
ये बूझ किसी और को ढोने नहीं देता

वो कौन है उससे तो मैं वाक़िफ़ भी नहीं हूँ
जो मुझको किसी और का होने नहीं देता

मुस्तफ़ा ज़ैदी

किसी और ग़म में इतनी ख़लिशे-निहां नहीं है
ग़मे-दिल मिरे रफ़ीक़ो ग़मे-राएगां नहीं है

कोई हम नफ़स नहीं है कोई राज़दाँ नहीं है
फ़क़त एक दिल था अब तक सो वो मेहरबां नहीं है

किसी आँख को सदा दूँ किसी ज़ुल्फ़ को पुकारूँ
बड़ी धूप पड़ रही है कोई साएबाँ नहीं है

इन्ही पत्थरों पे चलकर अगर आ सको तो आओ
मिरे घर के रास्ते में कोई कहकशां नहीं है

चले तो कट ही जायेगा सफ़र आहिस्ता आहिस्ता
हम उनके पास जाते हैं मगर आहिस्ता आहिस्ता

अभी तारों से खेलो चाँद की किरणों से इठलाओ
मिलेगी उसके चेहरे की सहर आहिस्ता आहिस्ता

दरीचों को तो देखो चिलमनों के राज़ को समझो
उठेंगे पर्दाहाए-बामो-दर आहिस्ता आहिस्ता

यूँही इक रोज़ अपने दिल का क़िस्सा भी सुना देना
ख़िताब आहिस्ता आहिस्ता नज़र आहिस्ता आहिस्ता

मसूद अनवर

हमको किसके ग़म ने मारा ये कहानी फिर सही
किसने तोड़ा दिल हमारा ये कहानी फिर सही

दिल के लुटने का सबब पूछो न सबके सामने
नाम आएगा तुम्हारा ये कहानी फिर सही

नफ़रतों के तीर खा कर दोस्तों के शहर में
हमने किस किस को पुकारा ये कहानी फिर सही

क्या बतायें प्यार की बाज़ी वफ़ा की राह में
कौन जीता कौन हारा ये कहानी फिर सही

लियाक़त अली आसिम ☪

दश्त की तेज़ हवाओं में बिखर जाओगे क्या
एक दिन घर नहीं जाओगे तो मर जाओगे क्या

पेड़ ने चाँद को आगोश में ले रक्खा है
मैं तुम्हें रोकना चाहूँ तो ठहर जाओगे क्या

ये ज़ामिस्ताने-ताअल्लुक़ ये हवाए-कुरबत
आग ओढ़ोगे नहीं यूँही ठिठर जाओगे क्या

ये तकल्लुम भरी आँखें ये तरन्नुम भरे होंट
तुम इसी हालते-रुस्वाई में घर जाओगे क्या

लौट आओगे मिरे पास परिंदे की तरह
मेरी आवाज़ की सरहद से गुज़र जाओगे क्या

छोड़ कर नाव में तनहा मुझे 'आसिम' तुम भी
किसी गुमनाम ज़जीरे पे उतर जाओगे क्या

एहसान दानिश

यूँ न मिल मुझसे ख़फ़ा हो जैसे
साथ चल मौजे-सबा हो जैसे

लोग यूँ देख के हंस देते हैं
तू मुझे भूल गया हो जैसे

मौत भी आयी तो इस नाज़ के साथ
मुझ पे अहसान किया हो जैसे

ऐसे अनजान बने बैठे हो
तुमको कुछ भी न पता हो जैसे

हिचकियाँ रात को आती ही रहीं
तुमने फिर याद किया हो जैसे

ज़िन्दगी बीत रही है 'दानिश'
इक बेजुर्म सज़ा हो जैसे

फ़रहत अब्बास शाह

तूने देखा है कभी एक नज़र शाम के बाद
कितने चुपचाप से लगते हैं शजर शाम के बाद

इतने चुपचाप के रस्ते भी रहेंगे लाइल्म
छोड़ जाएंगे किसी रोज़ नगर शाम के बाद

मैंने ऐसे ही गुनह तेरी जुदाई में किये
जैसे तूफ़ां में कोई छोड़ दे घर शाम के बाद

शाम से पहले वो मस्त अपनी उड़ानों में रहा
जिसके हाथो में थे टूटे हुए पर शाम के बाद

रात बीती तो गिने आबले और फिर सोचा
कौन था बाइसे-आग़ाज़े-सफ़र शाम के बाद

तू है सूरज तुझे मालूम कहाँ रात का दर्द
तू किसी रोज़ मेरे घर गें उतर शाम के बाद

ख़ातिर ग़ज़नवी ☪

गो ज़रा सी बात पर बरसों के याराने गए
लेकिन इतना तो हुआ कुछ लोग पहचाने गए

मैं इसे शोहरत कहूं या अपनी रुस्वाई कहूं
मुझसे पहले उस गली में मेरे अफ़साने गए

यूँ तो वो मेरी रगे-जां से भी थे नज़दीक तर
आंसुओं के धुंद में लेकिन न पहचाने गए

वहशतें कुछ इस तरह अपना मुक़द्दर हो गयीं
हम जहाँ पहुंचे हमारे साथ वीराने गए

अब भी उन यादों की ख़ुशबू ज़हन में महफ़ूज़ है
बारहा हम जिनसे गुलज़ारों को महकाने गए

क्या क़यामत है कि ख़ातिर कश्ती-ए-शब भी थे हम
सुब्ह जब आयी तो मुजरिम हम ही गरदाने गए

वासिफ़ अली वासिफ़

तल्ख़ी ज़बान तक थी वो दिल का बुरा न था
मुझसे जुदा हुआ था मगर बेवफ़ा न था

तुरफ़ा अज़ाब लाएगी अब उसकी बद्दुआ
दरवाज़ा जिस पे शहर का कोई खुला न था

शामिल तो हो गए थे सभी इक जुलूस में
लेकिन कोई किसी को भी पहचानता न था

आगाह था मैं यूँ तो हक़ीक़त के राज़ से
इज़हारे-हक़ का दिल को मगर हौसला न था

जो आशना था मुझसे बहुत दूर रह गया
जो साथ चल रहा था मिरा आशना न था

सब चल रहे थे यूँ तो बड़े ऐतमाद से
लेकिन किसी के पाँव तले रास्ता न था

ज़र्रों में आफ़ताब नुमायाँ थे जिन दिनों
'वासिफ़' वो कैसा दौर था वो क्या ज़माना था

इब्ने-इंशा

कल चौदहवीं की रात थी शब् भर रहा चर्चा तेरा
कुछ ने कहा ये चाँद है कुछ ने कहा चेहरा तेरा

हम भी वहीं मौजूद थे हम से भी सब पूछा किये
हम हंस दिए हम चुप रहे मंज़ूर था पर्दा तेरा

इस शहर में किससे मिलें हमसे छुटीं सब महफ़िलें
हर शख़्स तेरा नाम ले हर शख़्स दीवाना तेरा

दो अश्क जाने किस लिए पलकों पर आकर टिक गए
अल्ताफ़ की बारिश तिरी इकराम का दरिया तेरा

हम पर ये सख़्ती की नज़र हम हैं फ़क़ीरे-रहगुज़र
रस्ता कभी रोका तिरा दामन कभी थामा तेरा

हाँ हाँ तिरी सूरत हसीं लेकिन तू ऐसा भी नहीं
उस शख़्स के अशआर से शोहरा हुआ क्या क्या तेरा

बेदर्द सुननी हो तो चल कहता है क्या अच्छी ग़ज़ल
आशिक़ तिरा रुस्वा तिरा शायर तिरा 'इंशा' तेरा

इंशा जी उठो अब कूच करो इस शहर में जी को लगाना क्या
वहशी को सुकूं से क्या मतलब जोगी का नगर में ठिकाना क्या

इस दिल के दरीदा दामन में देखो तो सही सोचो तो सही
जिस झोली में सौ छेद हुए उस झोली को फैलाना क्या

शब् बीती चाँद भी डूब चला ज़ंजीर पड़ी दरवाज़े पर
क्यों देर गए घर आये हो सजनी से करोगे बहाना क्या

फिर हिज्र की लम्बी रात मियाँ संजोग की तो यही एक घडी
जो दिल में है लब पर आने दो शर्माना क्या घबराना क्या

उस हुस्न के सच्चे मोती को हम देख सकें पर छू न सकें
जिसे देख सकें पर छू न सकें वो दौलत क्या वो ख़ज़ाना क्या

जब शहर के लोग न रस्ता दें क्यों वन में न जा बिसराम करें
दीवानों की सी न बात करे तो और करे दीवाना क्या

☪

अहमद फ़रवाद

आ गया है आज वो ज़माना भी
कुफ़्र ठहरा है दिल लगाना भी

जिसको हम आसमान कहते थे
फट गया है वो शामियाना भी

देख कर तो यक़ीं नहीं आता
बंद होगा ये कारख़ाना भी

क़ैसो-फ़रहाद उठ गए इक दिन
ख़त्म होगा तिरा फसाना भी

तुझ से मिलकर उदास होता है
होगा दिल सा कोई दिवाना भी

चाहे जाना भी तुझको मुश्किल है
और मुश्किल है भूल जाना भी

यूँ तो पहले भी कौन सा घर था
छिन गया आज वो ठिकाना भी

एक पल भी कहीं क़रार नहीं
क्या मुसीबत है दिल लगाना भी

जो बनाने में इतना वक़्त लगा
क्या ज़रूरी है वो मिटाना भी

जब तअल्लुक़ नहीं रहा तुझसे
छोड़ दे अब ये आज़माना भी

क्या करें अब तो उससे मिलने का
कोई मिलता नहीं बहाना भी

जब सबा साथ साथ चलती थी
आह कैसा था वो ज़माना भी

इतनी कमगोई भी नहीं अच्छी
सुन के सबकी इन्हें सुनाना भी

अब तो मुमकिन नज़र नहीं आता
दिल को उस राह से हटाना भी

चोट खाना तो कोई बात न थी
लेकिन उस पर ये मुस्कुराना भी

क्या तुम्हारे लिए ज़रूरी है
सारी मख़लूक़ को सताना भी

ठीक है सबसे दिल्लगी लेकिन
आके मुझको ही सब बताना भी

तेरी आँखों ने भी कहा मुझसे
कुछ तबिय्यत थी शाएराना भी

दिल भी कुछ ख़ुश नहीं रहता
उठ गया यां से आबो-दाना भी

अहमद नदीम क़ासमी

जब तिरा हुक्म मिला तर्क मोहब्बत कर दी
दिल मगर उस पे वो धड़का कि क़यामत कर दी

तुझसे किस तरह मैं इज़हारे-तमन्ना करता
लफ्ज़ सूझा तो मआनी ने बग़ावत कर दी

मैं तो समझा था कि लौट आते हैं जाने वाले
तूने तो जा के जुदाई मिरी क़िस्मत कर दी

मुझको दुश्मन के इरादों पे भी प्यार आता है
तेरी उल्फत ने मोहब्बत मिरी आदत कर दी

पूछ बैठा हूँ मैं तुझसे तिरे कूचे का पता
तेरे हालात ने कैसी तिरी सूरत कर दी

क्या तिरा जिस्म तिरे हुस्न की हिद्दत में जला
राख किसने तिरी सोने की सी रंगत कर दी

वो कोई और न था चंद ख़ुश्क पत्ते थे
शजर से टूट के जो फ़सले-गुल पे रोये थे

अभी अभी तुम्हें सोचा तो कुछ न याद आया
अभी अभी तो हम इक दूसरे से बिछड़े थे

तुम्हारे बाद चमन पर जब इक नज़र डाली
कली कली में ख़िज़ाँ के चराग़ जलते हैं

तमाम उम्र वफ़ा के गुनहगार रहे
ये और बात है कि हम आदमी तो अच्छे थे

शबे-ख़मोश को तन्हाई ने ज़बां दे दी
पहाड़ गूंजते थे दश्त सनसनाते थे

वो एक बार मरे जिन को था हयात से प्यार
जो ज़िन्दगी से गुरेज़ाँ थे रोज़ मरते थे

नए ख़याल अब आते हैं ढल के आहन में
हमारे दिल में कभी खेत लहलहाते थे

ये इर्तिक़ा का चलन है कि हर ज़माने में
पुराने लोग नए आदमी से डरते हैं

'नदीम' जो भी मुलाक़ात थी अधूरी थी
कि एक चेहरे के पीछे हज़ार चेहरे हैं

☪

कौन कहता है कि मौत आएगी तो मर जाऊंगा
मैं तो दरिया हूँ समुन्दर में उतर जाऊंगा

तेरा दर छोड़ के मैं और किधर जाऊंगा
घर में घिर जाऊंगा सहरा में बिखर जाऊंगा

तेरे पहलू से जो उट्ठूंगा तो ये मुश्किल है
सिर्फ़ इक शख़्स को पाउँगा जिधर जाऊंगा

अब तिरे शहर में आऊंगा मुसाफ़िर की तरह
साया-ए-अब्र के मानिन्द गुज़र जाऊंगा

तेरा पैमाने-वफ़ा राह की दीवार बना
वरना सोचा था कि जब चाहूंगा मर जाऊंगा

चारासाज़ों से अलग है मिरा मैयार कि मैं
ज़ख़्म खाऊंगा तो कुछ और संवर जाऊंगा

अब तो ख़ुर्शीद को गुज़रे हुए सदियाँ गुज़रीं
अब इसे ढूंढने मैं ता-ब-सहर जाऊंगा

ज़िन्दगी शम्अ के मानिन्द जलाता हूँ 'नदीम'
बुझ तो जाऊंगा मगर सुब्ह तो कर जाऊंगा

हम अँधेरों से बच के चलते हैं
और अँधेरों में जा निकलते हैं

एक को दूसरे का होश नहीं
यूं तो हम साथ साथ चलते हैं

वो कड़ा मोड़ है हमें दरपेश
रास्ते हर तरफ़ निकलते हैं

कितने अय्याश लोग हैं हम भी
दिन में सौ मंज़िलें बदलते हैं

वो हुईं बारिशें कि खेतों में
कर्ब उगते हैं, दर्द पलते हैं

पत्थरों का ग़रूर ख़त्म हुआ
अब तो इंसां शरर उगलते हैं

ठोकरें खा रहे हैं सदियों से
गो दिलों में चराग़ जलते हैं

☪

ख़ालिद अलीम

बे-तआल्लुक़ मैं ख़ुद अपने ही घराने से हुआ
और ये सानेहा दीवार उठाने से हुआ

मेरी मिट्टी थी कहाँ की तो कहाँ लायी गयी
बेज़मीं मैं जो हुआ भी तो ठिकाने से हुआ

काम जितना था मोहब्बत का मोहब्बत ने किया
जितना होना था ज़माने से ज़माने ने किया

मेरी रुस्वाई का सामान न होता लेकिन
तेरी आवाज़ में आवाज़ मिलाने से हुआ

तुम लिए फिरते हो क्या डूबते सूरज का मलाल
वो अँधेरा जो सितारों के बुझाने से हुआ

इतना बेक़ैफ़ मिरी आँख का मंज़र तो न था
'ख़ालिद' उस शख़्स को आइना दिखाने से हुआ

इश्क़ में बहता है जो दरिया ब दरिया कौन है
हम भी देखें दर्द के सहरा में ऐसा कौन हैं

एक लम्हा ही गुज़र जाये कहीं तेरे बग़ैर
दिल को समझाया तो है लेकिन समझता कौन है

मेरी बेआवाज़ तन्हाई बताये क्या मुझे
शहर में है जिसकी ख़ातिर शोर बरपा कौन है

सर पे ये जलते हुए सूरज का अंदाज़ा नहीं
बेतलब इस दश्त में घर से निकलता कौन है

खो गयी है वक़्त की लहरों में सच्चाई तो क्या
वक़्त ही ख़ुद फ़ैसला करता है सच्चा कौन है

एक से इस शहर में हैं आशना ना आशना
क्या बताएं तुझको मेरी जां कि कैसा कौन है

दिन का सूरज क्या उठाएगा मिरी रातों का ग़म
और फिर 'ख़ालिद' किसी का बोझ उठाता कौन है

मोहसिन अहसान

हवा चली तो मिरा आरज़ी मकान गया
तनाबें खींच रहा था कि सायबान गया

मैं जिससे भीक सवेरों की मांगता था वो शख़्स
रिदा-ए-ज़ुल्मते-शब् मेरे सर पे तान गया

ज़मीं तो पाँव तले से सरक चुकी लेकिन
मनाओ ख़ैर कि अब सर से आसमान गया

मिरी तरह का बहादुर कोई नहीं है कि मैं
अदू के सामने अपनी शिकस्त मान गया

इमामे-वक़्त ने अपनी क़बा में टांक लिए
गुलाब जितने लगा कर वो बाग़बान गया

शबनम जो मिले ख़्वाहिशे-दरिया नहीं करते
हम हद से भी बढ़ के तमन्ना नहीं करते

आँखों के जज़ीरों में भी पानी नहीं मिलता
प्यासे हैं मगर कोई तक़ाज़ा नहीं करते

हम राख हुए आतिशे-ख़ामोश में जिनकी
हैरत है कि है वो लोग तमाशा नहीं करते

सैराब करो दिल को अब अश्कों से कि बादल
इस ख़ुश्क ज़मीं पर कभी बरसा नहीं करते

रंगो-गुलो-लाला से दहक उठा है गुलशन
हम चाके-क़फ़स से भी नज़ारा नहीं करते

कुछ ऐसे यक़ीं उठ गया अब अहले-जहाँ से
ग़ैरों का तो क्या ख़ुद पे भरोसा नहीं करते

तन्हाई में दिल खोल के रो लेते हैं वरना
महफ़िल में तो हम ज़िक्र भी तेरा नहीं करते

☾★

रज़ी अख़्तर शौक़

कोई बुझता हुआ मंज़र नहीं देखा जाता
अब किसी आँख को पत्थर नहीं देखा जाता

वो हमारा न सही और क़ाबिले का सही
हमसे पस्ता कोई लश्कर नहीं देखा जाता

क्या ये सच है कि तिरे आइनाख़ानों में मुझे
मेरे क़ामत के बराबर नहीं देखा जाता

वो न लौटा तो उसे लौट के आना भी न था
यूँ भी एक ख़्वाब मुकर्रर नहीं देखा जाता

मुझमें उतर कर देखो पाना है तो फिर मुझको
यूँ किनारे से समुन्दर नहीं देखा जाता

कोई आसेब मिरे शहर में ऐसा भी है 'शौक़'
जिससे आबाद कोई घर नहीं देखा जाता

वो कौन डूब गया और उभर गया मुझमें
ये कौन साये की सूरत गुज़र गया मुझमें

अजब हुआ कि बहारों ने चारासाज़ी की
वो ज़ख़्म जिसको न भरना था भर गया मुझमें

वो आदमी कि जो पत्थर था जी रहा है अभी
जो आइना था वो **यक्सर** बिखर गया मुझमें

वो साथ था तो अजब धूप छाँव रहती थी
बस अब तो एक ही मौसम ठहर गया मुझमें

अतहर नफ़ीस

सौ रंग हैं किस रंग में तस्वीर बनाऊँ
मेरे तो कई रूप हैं किस रूप में आऊँ

क्यों आके हर इक शख़्स मिरे ज़ख़्म कुरेदे
क्यों मैं ही हर इक शख़्स को हाल अपना सुनाऊँ

क्यों लोग मुसिर हैं कि सुने मेरी कहानी
ये हक़ मुझे हासिल है सुनाऊँ कि छुपाऊँ

इस बज़्म में अपना तो शनासा नहीं कोई
क्या कर्ब है तन्हाई का मैं किसको बताऊँ

कुछ और तो हासिल न हुआ ख़्वाबों से मुझको
बस ये है कि यादों के दरो-बाम सजाऊँ

बेक़ीमती बेमाया इसी ख़ाक में यारो
वो ख़ाक भी होगी जिसे आँखों से लगाऊँ

किरनों की रफ़ाक़त कभी आये जो मयस्सर
हमराह मैं उनके तिरी दहलीज़ पे आऊँ

ख़्वाबो की उफ़क़ पर तिरा चेहरा हो हमेशा
और मैं उसी चेहरे से नए ख़्वाब सजाऊँ

रह जाएँ किसी तौर मेरे ख़्वाब सलामत
इस एक दुआ के लिए अब हाथ उठाऊँ

कभी साया है कभी धूप मुक़द्दर मेरा
होता रहता है यूँ ही क़र्ज़ बराबर मेरा

टूट जाते हैं कभी मेरे किनारे मुझमें
डूब जाता है कभी मुझमें समंदर मेरा

किसी सहरा में बिछड़ जायेंगे सब यार मिरे
किसी जंगल में भटक जायेगा लश्कर मेरा

बावफ़ा था तो मुझे पूछने वाले भी न थे
बेवफ़ा हूँ तो हुआ नाम भी घर घर मेरा

कितने हँसते हुए मौसम अभी आते लेकिन
एक ही धूप ने कुम्हला दिया मंज़र मेरा

आख़िरी जुरआ-ए-पुरकैफ़ हो शायद बाक़ी
अब जो छलका तो छलक जायेगा सागर मेरा

ऐतबार साजिद

भरी महफ़िल में तन्हाई का आलम ढूंढ लेता हूँ
जहाँ जाता हूँ अपने दिल का मौसम ढूंढ लेता हूँ

अकेला ख़ुद को जब महसूस करता हूँ किसी लम्हे
किसी उम्मीद का चेहरा कोई ग़म ढूंढ लेता हूँ

बहुत हसीं नज़र आती है जो आँखें सरे महफ़िल
मैं इन आँखों के पीछे चश्मे पुरनम ढूंढ लेता हूँ

गले लगा कर किसी के चाहता हूँ जब कभी रोना
शिकस्ता अपने जैसा कोई हमदम ढूंढ लेता हूँ

कैलेंडर से नहीं मशरूत मेरे रात दिन साजिद
मैं जैसा चाहता हूँ वैसा मौसम ढूंढ लेता हूँ

कभी तूने ख़ुद भी सोचा कि ये प्यास है तो क्यों है
तुझे पाके भी मेरा दिल जो उदास है तो क्यों है

मुझे क्यों अज़ीज़तर है ये धुंआं धुंआ सा मौसम
ये हवाए-शामे-हिज्राँ मुझे रास है तो क्यों है

तुझे खो के सोचता हूँ मिरे दामने-तलब में
कोई ख़्वाब है तो क्यों है कोई आस है तो क्यों है

मैं उजड़ के भी हूँ तेरा तू बिछड़ के भी है मेरा
ये यक़ीन है तो क्यों है ये क़यास है तो क्यों है

मिरे तन बरहना दुश्मन इसी ग़म में घुल रहे हैं
कि मिरे बदन पे सालिम ये लिबास है तो क्यों है

कभी पूछ उसके दिल से कि ये ख़ुशमिज़ाज शाइर
बहुत अपनी शाइरी में जो उदास है तो क्यों है

तिरा किसने दिल बुझाया मिरे 'ऐतबार साजिद'
ये चराग़-ए-हिज्र अब तक तिरे पास है तो क्यों है

☪

हफ़ीज़ जालंधरी

नहीं ज़ख़्म अब दिल दुखाने के क़ाबिल
ये नासूर है बस छुपाने के क़ाबिल

तिरे रूबरू आऊं किस मुंह से प्यार
नहीं अब रहा मुंह दिखाने के क़ाबिल

वफ़ूरे-ग़मे-यास ने ऐसा घेरा
न छोड़ा कहीं आने जाने के क़ाबिल

शबे-हिज्र की तल्ख़ियाँ मुझसे पूछो
नहीं दास्ताँ ये सुनाने के क़ाबिल

ये ठुकरा के दिल फिर कहा मुस्कुरा कर
न था दिल ये दिल से लगाने के क़ाबिल

जो देखा मुझे फेर लीं अपनी आँखें
न जाना मुझे मुंह लगाने के क़ाबिल

तिरी बज़्म में सैकड़ों आये बैठे
हमीं एक थे क्या उठाने के क़ाबिल

ये काफ़िर निगाहें ये दिलकश अदाएं
नहीं कुछ रहा अब बचाने के क़ाबिल

किया ज़िक्र दिल का तो हंस कर वो बोले
नहीं है ये दिल रहम खाने के क़ाबिल

निगाहे-करम यूँही रखना ख़ुदारा
न मैं हूँ न दिल आज़माने के क़ाबिल

निशाने-कफ़े-पा-ए-जानां पे यारब
हमारा ये सर हो झुकाने के क़ाबिल

कभी क़ब्रे-मुश्ताक़ पर से जो गुज़रे
कहा या निशाँ है मिटाने के क़ाबिल

फ़ाख़िरा बतूल ☪

भड़के हुए शोलों को हवाएं नहीं देते
जाते हुए लम्हों को सदायें नहीं देती

माना यही फ़ितरत है मगर इसको बदल दो
बदले में वफाओं के जफ़ाएं नहीं देते

गर फूल नहीं देते हो तो कांटे भी मत दो
मुस्कान न देनी हो तो आहें नहीं देते

तुमने जो किया अच्छा किया हाँ ये गिला है
मंज़िल न हो जिसकी तो वो राहें नहीं देते

ये बार कहीं ख़ुद ही उठाना न पड़े कल
औरों को बिछड़ने की दुआएं नहीं देते

शमीना राजा

अब फूल चुनेंगे क्या चमन से
तू मुझसे ख़फ़ा मैं अपने मन से

वो वक़्त कि पहली बार दिल ने
देखा था तुझे बड़ी लगन से

जब चाँद की अशरफ़ी गिरी थी
इक रात की तश्तरी में छन से

चेहरे पे मिरे जो रौशनी थी
थी तेरी निगाह की किरन से

रहते थे हम एक दूसरे में
सरशार से और मगन मगन से

ये ज़िन्दगी अब गुज़र रही है
किन ज़र्द उदासियों के बन से

क्या इश्क़ था जिसके क़िस्से अब तक
दोहराते हैं लोग इक जलन से

हर मंज़िल पर एक नया दरिया मिलता है
कौन भला इस आलम में प्यासा मिलता है

शहर के सारे लोग हैं अपनी ज़ात के क़ैदी
दीवारों में कब कोई दर वा मिलता है

यूँ होता है तन्हाई के सख़्त सफ़र में
पीछे इक आहट आगे साया मिलता है

तुझसे आगे हमने कभी देखा ही नहीं था
वरना तो हर मोड़ पे इक चेहरा मिलता है

कोई ख़ुशी आधी मिलती है कोई अधूरी
और जो रंज हो वो पूरा पूरा मिलता है

कैसे घने जंगल से गुज़रती हैं ये नींदें
किस मुश्किल से ख़्वाबों को रस्ता मिलता है

उसे देख कर दिल मिलता है उसके ग़म से
जैसे कोई उम्रों का बिछड़ा मिलता है

टूटने वाला इक वा'दा जब वापस दूँ तो
टूटने वाला एक नया वा'दा मिलता है

ग़ैर भले हैं जिनसे कोई उम्मीद न रखिये
वरना अपनों से भी किसी को क्या मिलता है

हम तो उसी पत्थर से लिपट कर सो जाते हैं
जिसके पास इक ख़्वाब का फूल खिला मिलता है

तुमको किसी से क्या तुम तो मंजिल वाले हो
राह में गर कोई भूला भटका मिलता है

धूप की सूरत कोई उतर आता है ज़मीं पर
उसके बाद ये तन कुंदन जैसा मिलता है

हम नादां हर रोज़ नयी उम्मीद लगाएं
और उधर से रोज़ नया धोका मिलता है

पहले हम दुनिया से हाथ छुड़ा लेते हैं
फिर दरवाज़ा-ए-शहरे-कमाल खुला मिलता है

सईदा हाशमी

मिरा नहीं तो किसी और का बने तो सही
किसी भी तौर से वो शख़्स ख़ुश रहे तो सही

फिर उसके बाद बिछड़ने ही कौन देगा उसे
कहीं दिखाई तो दे वो कहीं मिले तो सही

कहाँ का अज़्म तिरे सामने अना कैसी
वक़्क़ार से ही झुके हम मगर झुके तो सही

जो चुप रहा तो बसा लेगा नफ़रतें दिल में
बुरा भला ही कहे वो मगर कहे तो सही

कोई तो रब्त हो अपना पुरानी क़द्रों से
किसी किताब का नुस्ख़ा कहीं मिले तो सही

दुआ-ए-ख़ैर न मांगे कोई किसी के लिए
किसी को देख के लेकिन कोई जले तो सही

जो रौशनी नहीं होती न हो बला से मगर
सरों से जब्र का सूरज कभी ढले तो सही

साबिर ज़फ़र

दरीचा बेसदा कोई नहीं है
अगर्चे बोलता कोई नहीं है

मैं ऐसे जमघटे में खो गया हूँ
जहाँ मेरे सिवा कोई नहीं है

रुको तो मंज़िलें ही मंज़िलें हैं
चलो तो रास्ता कोई नहीं है

खुली हैं खिड़कियां हर घर की लेकिन
गली में झांकता कोई नहीं है

किसी से आशना ऐसा हुआ हूँ
मुझे पहचानता कोई नहीं है

बिखरता फूल जैसे शाख़ पर अच्छा नहीं लगता
मोहब्बत में कोई भी उम्र भर अच्छा नहीं लगता

बिखरने और भटकने के लिए तन्हाई काफ़ी है
कोई मंज़िल न हो तो हमसफ़र अच्छा नहीं लगता

मैं उसको सोचता क्यों हूँ अगर नुदरत नहीं उसमें
मैं उसको देखता क्यों हूँ अगर अच्छा नहीं लगता

इसी बाइस मैं तेरी यादों में मसरूफ़ रहता हूँ
मुझे बेध्यान रहने का हुनर अच्छा नहीं लगता

वो जिसकी दिलकशी में ग़र्क़ होना चाहता हूँ मैं
वही मंज़र मुझे बारे-दिगर अच्छा नहीं लगता

किसी सूरत तअल्लुक़ की मसाफ़त तय तो करनी है
मुझे मा'लूम है तुझको सफ़र अच्छा नहीं लगता

मिरे दुःख बाँटने वाले बहुत अहबाब हैं मेरे
रखूं मैं साथ कोई नौहागर अच्छा नहीं लगता

निकल कर जब मैं वीराने से आबादी में आया हूँ
रहूं बेगाना-ए-दीवारो-दर अच्छा नहीं लगता

हज़ार आवारगी हो बे ठिकाने ज़िन्दगी क्या है
वो इंसाँ ही नहीं है जिसको घर अच्छा नहीं लगता

नयी तख़लीक़ से बाक़ी जहाँ में हुस्न है सारा
शजर चाहे कोई हो बे समर अच्छा नहीं लगता

वो चाहे फ़स्ल पक जायें या सारे खेत चुग जायें
परिंदों को करो बेबालो-पर अच्छा नहीं लगता

सितम जो हो रहा है दर हक़ीक़त वो ख़ुदा जाने
मगर कोई सिरे से बेख़बर अच्छा नहीं लगता

वो इक इस्मे-मुबारक दिल पे लिखना चाहिए जिसको
वो पेशानी पे लिख तो लूँ मगर अच्छा नहीं लगता

वसीला रास्ते को छोड़ कर मंज़िल नहीं मिलती
ख़ुदा अच्छा लगे क्या जब बशर अच्छा नहीं लगता

जमाल एहसानी

किसी भी दश्त किसी भी नगर चला जाता
मैं अपने साथ ही रहता जिधर चला जाता

वो जिस मुंडेर पे छोड़ आया अपनी आखें, मैं
चराग़ होता तो लौ भूल कर चला जाता

अगर मैं खिड़कियां दरवाज़े बंद कर लेता
तो घर का भेद सरे-रहगुज़र चला जाता

मिरा मकां मिरी ग़ाफ़लत से बच गया वरना
कोई चुरा के मिरे बामो-दर चला जाता

थकन बहुत थी मगर साया-ए-शजर में 'जमाल'
मैं बैठता तो मिरा हमसफ़र चला जाता

सुलूके-नारवा है इसलिए शिकवा नहीं करता
कि मैं भी तो किसी की बात की परवा नहीं करता

बहुत हुशियार हूँ अपनी लड़ाई आप लड़ता हूँ
मैं दिल की बात को दीवार पर लिक्खा नहीं करता

अगर पड़ जाये आदत आप अपने साथ रहने की
ये साथ ऐसा है कि इंसान को तनहा नहीं करता

ज़मीं पैरों से कितनी बार इक दिन में निकलती है
मैं ऐसे हादसों पे दिल मगर छोटा नहीं करता

तिरा इसरार सर आँखों पे तुझको भूल जाने की
मैं कोशिश करके देखूंगा मगर वा'दा नहीं करता

☪

सूफ़ी तबस्सुम

ये क्या कि इक जहाँ को करो वक़्फ़े-इज़्तराब
ये क्या कि एक दिल को शकीबाना कर सको

ऐसा न हो ये दर्द बने दर्दे-ला-दवा
ऐसा न हो कि तुम भी मदावा न कर सको

शायद तुम्हें भी चैन न आये मिरे बग़ैर
शायद ये बात तुम भी गवारा न कर सको

क्या जाने फिर सितम भी मयस्सर हो या न हो
क्या जाने ये करम भी करो या न कर सको

अल्लह करे जहाँ को मिरी याद भूल जाये
अल्लह करे कि तुम कभी ऐसा न कर सको

मेरे सिवा किसी की न हो तुमको जुस्तजू
मेरे सिवा किसी की तमन्ना न कर सको

शकेब जलाली

आता है हर चढ़ाई के बाद इक उतार भी
पस्ती से हमकिनार मिले कोहसार भी

दिल क्यों धड़कने लगता है उभरे जो कोई चाप
अब तो नहीं किसी का मुझे इंतज़ार भी

जब भी सुकूते-शाम में आया तिरा ख़याल
कुछ देर को ठहर सा गया आबशार भी

कुछ हो गया है धूप से ख़ाकस्तरी बदन
कुछ जम गया है राह का मुझ पर गुबार भी

इस फ़ासिलों के दस्त मे रहबर वही बने
जिसकी निगाह देख ले सदियों के यार भी

ऐ दोस्त पहले कुर्ब का नश्शा अजीब था
मैं सुन सका न अपने बदन की पुकार भी

रस्ता भी वापसी का कहीं बन मे खो गया
ओझल हुयी निगाह से हिरनों की डार भी

कुछ अक़्ल भी है बाइसे-तौफ़ीक़ ऐ 'शकेब'
कुछ आ गए हैं बालों मे चाँदी के तार भी

आके पत्थर तो मिरे सहन में दो चार गिरे
जितने उस पेड़ के फल थे पसे-दिवार गिरे

ऐसी दहशत थी फ़िज़ाओं में खुले पानी की
आँख झपकी भी नहीं हाथ से पतवार गिरे

मुझे गिरना है तो मैं अपने ही क़दमों पे गिरूं
जिस तरह साया-ए-दीवार पे दीवार गिरे

तीरगी छोड़ गए दिल में उजाले के ख़ुतूत
ये सितारे मिरे घर टूट के बेकार गिरे

क्या हुआ हाथ में तलवार लिए फिरती है
क्यों मुझे ढाल बनाने को ये छतनार गिरे

देख कर अपने दरो-बाम लरज़ जाता हूँ
मेरे हमसाये में जब भी कोई दीवार गिरे

वक़्त की डोर ख़ुदा जाने कहाँ से टूटे
किस घड़ी सर पे लटकती हुयी तलवार गिरे

हमसे टकरा गयी ख़ुद बढ़ के अंधरे की चटान
हम संभल कर जो बहुत चलते थे नाचार गिरे

क्या कहूं दीदा-ए-तर ये तो मिरा चेहरा है
संग कट जाते हैं बारिश की जहाँ धार गिरे

हाथ आया नहीं कुछ रात की दलदल के सिवा
हाय किस मोड़ पर ख़्वाबों के परस्तार गिरे

वो तजल्ली की शुआयें थीं कि जलते हुए तीर
आइने टूट गए आइना बरदार गिरे

देखते क्यों हो 'शकेब' इतनी बुलंदी की तरफ़
न उठाया करो सर को कि ये दस्तार गिरे

☪

क्या कहिये कि अब उसकी सदा तक नहीं आती
ऊँची हों फ़सीलें तो हवा तक नहीं आती

शायद ही कोई आ सके इस मोड़ से आगे
इस मोड़ से आगे तो क़ज़ा तक नहीं आती

वो गुल न रहे निकहते-गुल ख़ाक मिलेगी
ये सोच के गुलशन में सबा तक नहीं आती

इस शोरे-तालतुम में कोई किस को पुकारे
कानो में यहाँ अपनी सदा तक नहीं आती

ख़ुद्दार हूँ क्यों आऊं दरे-अहले-करम पर
खेती कभी ख़ुद चल के घटा तक नहीं आती

उस दश्त में क़दमों के निशाँ ढूंढ रहे हो
पेड़ों से जहाँ छन के ज़िया तक नहीं आती

या जाते हुए मुझसे लिपट जाती थीं शाख़ें
या मेरे बुलाने से सबा तक नहीं आती

क्या ख़ुश्क हवा रोशनियों का वो समुन्दर
अब कोई किरन आबला पा तक नहीं आती

छुप छुप के सदा झांकती हो ख़लव्ते-गुल में
महताब की किरनो को हया तक नहीं आती

ये कौन बताये दम आबाद है कैसा
टूटी हुयी क़ब्रों से सदा तक नहीं आती

बेहतर है पलट जाओ सियह ख़ाना-ए-ग़म से
इस सर्द गुफ़ा में तो हवा तक नहीं आती